[BIBL]IOTHEQUE DES SALONS

LE SECRÉTAIRE PRATIQUE

NOUVEAU GUIDE POUR ÉCRIRE DES LETTRES
PÉTITIONS, AVEC DES MODÈLES D'ACTES SOUS SEINGS PRIVÉS,
BAUX, CONGÉS, ETC.

Par A. MANILLIER

LIBRAIRIE DE JULES TARIDE
PARIS, 2, RUE DE MARENGO, 2

LE

SECRÉTAIRE PRATIQUE

10338. — Impr. A. LAHURE 9, rue de Fleurus. Paris.

LE

SECRÉTAIRE

PRATIQUE

NOUVEAU GUIDE

POUR ÉCRIRE LETTRES, PÉTITIONS, INVITATIONS, ETC.

Avec des modèles

D'ACTES SOUS SEING PRIVÉ, CONGÉS
ET BAUX, ETC.

Par A. MANILLIER

PARIS
LIBRAIRIE DE JULES TARIDE
2, Rue de Marengo, 2

1884

LE SECRÉTAIRE PRATIQUE

CHAPITRE PREMIER

CONSIDÉRATIONS PRÉLIMINAIRES

I. OBSERVATIONS SUR L'ART ÉPISTOLAIRE

Nous allons indiquer le plus brièvement possible les règles de la correspondance.

Ces règles, sans être très nombreuses, sont cependant assez variées, et cela se comprend. Quand on écrit à une personne, il faut tenir compte du rang, de la position sociale qu'elle occupe ; considérer si l'on a affaire à un supérieur, à un égal ou à un inférieur, voir si sa lettre est destinée à un intime, à un indifférent ou même à un inconnu ; car certaines exigences d'affaires, certaines circonstances dans la vie réclament parfois qu'on entre en relations avec une personne qui vous intéresse peu, ou qu'on n'a jamais vue. Il faut tenir compte aussi de la nature du sujet à traiter ; il est bien évident qu'on n'emploiera pas le même style pour adresser des remercîments à un protecteur, et pour exprimer ses condoléances à un ami sur la perte d'un parent ou de quelqu'un qui lui est cher.

Pétitions. — Brièveté et clarté, concision et simplicité, telles sont les qualités indispensables dans les pétitions, plus que partout ailleurs. Les personnes qui sont dans le cas d'en recevoir, c'est-à-dire le chef de l'État, les ministres, les présidents des Chambres, etc., ne peuvent consacrer qu'un temps très court à les examiner. Si donc on est long, diffus, obscur, si l'on emploie des lignes entières où il n'en faudrait qu'une pour exprimer sa pensée, on s'expose à voir sa pétition rejetée, mise de côté sans qu'il en soit tenu compte.

Lettres de fête et de bonne année. — Être bref et simple, éviter la fadeur et la banalité, c'est ce dont on doit surtout se préoccuper dans les lettres de ce genre. Ne jamais viser à l'effet : qui le cherche arrive presque toujours au ridicule.

Lettres de famille. — Nous comprenons sous ce titre les lettres adressées aux parents ou aux amis pour félicitations, excuses, remercîments, condoléances, demandes en mariage, etc. Si l'on écrit à ses aïeuls, à son père, à sa mère, à son oncle ou à sa tante, il ne faudra jamais s'écarter d'un respect affectueux. Si la lettre est adressée à un frère, à un cousin, à un ami, elle pourra être rédigée avec un certain abandon; mais, dans un cas comme dans l'autre, nous recommandons d'éviter les expressions triviales ou même simplement communes.

Lettres de demandes. Lettres diverses. — Impossible de donner des règles spéciales pour cette catégorie de lettres, tellement la variété en est considérable. Nous nous contenterons de dire que ces lettres exigent un style clair, l'exposition des idées avec ordre et méthode, et pour le surplus nous renverrons le lecteur aux modèles de lettres que nous lui offrons dans le cours de cet ouvrage.

Lettres de commerce. — Nous faisons pour ce genre de lettres les mêmes recommandations que pour les pétitions : le temps est précieux pour le haut dignitaire de l'État comme pour le commerçant, quoique chacun d'eux l'emploie de façon tout à fait différente. A-t-on des marchandises à demander ? On en spécifiera la qualité, la quantité et le prix. — S'agit-il de se faire expédier ces marchandises ? On indiquera le mode d'expédition qu'on désire : par eau, par diligences, par chemin de fer : dans ce dernier cas on mentionnera si l'on fait choix de *la petite* ou de *la grande vitesse.* — Aborde-t-on une question de payement ? Il faudra dire si l'on paye en espèces tout ou partie de la facture ;

si c'est en valeurs, énoncer la nature des valeurs qu'on envoie.

Au reste, nos lettres renseigneront amplement le lecteur à cet égard.

Telles sont, en résumé, les règles de la correspondance, les qualités de style que l'on doit apporter dans les différents genres de lettres que nous venons de passer en revue ; mais il est d'autres qualités qui, quoique moins essentielles, ne sont cependant pas à dédaigner : nous voulons parler de la correction et de l'élégance. C'est pour que le lecteur acquière plus facilement ces qualités, pour qu'il forme son goût et épure son style, que nous avons inséré à la fin de cet ouvrage un choix de lettres de nos auteurs les plus célèbres ; et nous sommes persuadé qu'en se pénétrant de leur manière de faire, il tirera de cette lecture un profit réel, quoique indirect. Car — nous n'avons pas besoin de le dire — il ne faudra jamais, sous aucun prétexte, copier tout ou partie de ces lettres ; mieux vaudrait cent fois exprimer soi-même sa pensée, laisser parler son cœur, quitte à le faire d'une manière incorrecte.

Il n'en est pas de même pour les lettres que nous avons composées. Ce n'est pas à dire pour cela qu'on puisse les copier aveuglément, sans discernement : loin de là ; nous ajouterons même qu'il n'est probablement pas une lettre de notre recueil qui répondra d'un bout à l'autre aux besoins d'une personne obligée d'entrer avec quelqu'un en correspondance ; et eussions-nous composé des lettres cent fois plus nombreuses, il en aurait encore été ainsi : l'imprévu joue un grand rôle dans la vie ; dès lors comment prévoir toutes les situations dans lesquelles peut être jetée telle ou telle personne qui s'apprête à prendre la plume? Celui qui aura une correspondance à faire devra donc en premier lieu voir dans notre ouvrage quelle est la lettre qui répond le mieux aux obligations qu'il a à remplir : quand il aura trouvé un passage conforme aux idées qu'il doit exprimer, il pourra le copier intégralement, sinon il lui faudra faire quelques légères modifications, ajouter ou retrancher, suivant les cas. Ce lui sera chose facile s'il a préalablement le soin d'étudier nos lettres, d'en examiner attentivement le style, afin que sa correspondance ne pèche pas, autant que possible, par défaut d'unité. Cependant nous convenons qu'il est plus aisé de faire des coupures que des augmentations, et c'est dans cette conviction que nous avons pris le parti de rédiger nos lettres un peu longuement : nous sommes persuadé que le lecteur ne nous en saura pas mauvais gré.

II. FORME MATÉRIELLE DES LETTRES ET PÉTITIONS

1. Timbres des Pétitions

L'article 12 de loi du 7 brumaire an VII assujettit à des droits de timbre les pétitions et mémoires présentés ou adressés au gouvernement, aux administrations et à bon nombre d'établissements publics.

Sauf les pétitions adressées au chef de l'État, la loi désigne en cette matière neuf motifs d'exemption que nous allons rappeler :

1° Les pétitions adressées directement à l'Assemblée;

2° Les demandes de congés et les secours pour les anciens soldats ou militaires en service ;

3° Les pétitions des déportés ou réfugiés aux colonies ;

4° Les observations des propriétaires relativement au classement parcellaire cadastral, en tant que ces observations sont, directement et en temps voulu, remises par les maires ;

5° Les réclamations en décharge ou réduction de contributions directes, ayant pour objet une cote inférieure à 30 francs ;

6° Les réclamations sur la confection du rôle des rétributions mensuelles des écoles primaires ;

7° Les réclamations relatives à la liste du jury et des électeurs;

8° Les mémoires adressés au gouvernement et à l'administration des domaines par les Chambres de commerce;

9° Les réclamations contre les frais de vérification des poids et mesures.

En dehors de ces exceptions, les pétitions et mémoires, même en forme de lettres, rédigés sur papier libre, exposent le pétitionnaire à une amende de 5 francs, sans préjudice du décime et du droit de timbre.

§ 2. Papier, date, écriture

Il est à peine utile de dire que l'emploi d'un papier taché ou froissé doit être sévèrement banni; la personne qui écrirait sur du papier dans de pareilles conditions ferait preuve d'un manque complet de savoir-vivre.

Les lettres, pétitions, suppliques adressées à un personnage occupant un rang élevé dans la société, tels que chef de l'État, ministres, etc., seront toujours écrites sur papier dit *papier-ministre*. Pour les personnes d'un rang hiérarchique moindre, mais à qui on doit cependant du respect et de la considération, on prendra le papier in-quarto, et, pour les autres, le papier in-octavo, c'est-à-dire notre papier à lettre ordinaire. Mais on aura soin, dans quelque circonstance que ce soit, de conserver la feuille double :

seuls, les commerçants écrivent quelquefois sur une feuille simple leurs lettres d'affaires, et apposent en tête de la feuille, sur la gauche, un timbre sec reproduisant leur nom, leur adresse et la nature de leur commerce.

De nos jours, où la papeterie de luxe a pris un développement considérable, quelques personnes emploient pour leur correspondance un papier de très petit format, orné de vignettes, d'encadrements, d'arabesques, reproduisant sur la première page leur chiffre ou leurs initiales. On peut se servir de ce papier entre intimes, mais il vaut mieux s'en tenir au papier à lettre habituel.

Dans les lettres d'affaires et de commerce, on met la date en tête de la lettre, à droite ; dans toutes les autres on la met à la fin, à gauche, un peu plus bas que la signature.

Aux approches du jour de l'an, l'administration des postes est tellement surchargée de travail, principalement dans les grandes villes, qu'on fera bien de dater du 30 décembre les lettres de bonne année, et de les jeter dans la boîte ce jour-là. La plupart du temps elles ne parviennent à destination que le 1er janvier ; mais lors même qu'elles seraient remises à leur adresse le 31 décembre, la chose ne présenterait aucun inconvénient.

Quant à l'écriture, nous n'avons qu'un mot à en dire : on comprendra sans peine l'importance qu'il y a d'écrire lisiblement, surtout la signature; lettre ou pétition illisibles, ou même ne pouvant être déchiffrées qu'à grand'peine, seraient infailliblement mises au panier, et, par conséquent, resteraient sans résultat.

§ 3. Tête des lettres

S'il s'agit d'une pétition, on doit d'abord inscrire au haut de la page le ou les titres de la personne à qui l'on écrit :

A Monsieur le Président de la République Française, A Monsieur le Ministre de l'Intérieur[1], *A Monsieur le Général X., duc de M., grand chancelier de la Légion d'honneur*, etc.

Puis on répétera le titre,

Monsieur le Ministre, Monsieur le Général,

qu'on écrira au tiers, au milieu ou aux deux tiers de la page, suivant qu'on voudra témoigner plus ou moins de respect à la personne qui est l'objet de la pétition.

Dans les lettres ordinaires, ou même dans celles adressées à des personnes à qui l'on doit des égards, on omet l'inscription et on commence tout de suite

1. Depuis l'établissement de notre troisième République, le titre d'*Excellence* n'est plus donné à nos ministres; mais il continue à être en usage pour les ministres des souverains étrangers.

la lettre par le mot *Monsieur*, qui se place généralement au tiers de la page. Il ne faut pas oublier non plus de mettre le titre de la personne, si elle en a un :

Monsieur le Comte, Monsieur le Marquis.

Pour les autres lettres — lettres à des parents, à des amis — la variété des formules à employer est infinie : *Mon cher père, mon bon père, mon brave ami, mon cher ami, mon cher, mon vieux camarade*, etc. Il s'agit pour le lecteur de bien se pénétrer de la nature des relations, du degré d'intimité qui existe entre lui et son correspondant ; et il se servira de telle ou telle formule, suivant qu'il voudra marquer plus spécialement le respect ou la familiarité.

§ 4. Corps des lettres

Quand on écrit une pétition, il faut éviter, autant que possible, de tourner le feuillet ; si l'on y est forcé, on écrira sur le verso, seulement à la hauteur des deux tiers.

Pour le président de la République la marge doit être de la moitié de la feuille, d'un tiers pour les ministres et autres hauts dignitaires de l'État, et de trois doigts environ quand on écrit des lettres sur papier in-octavo. La grandeur des marges dans les pétitions a non seulement pour but de marquer le respect, mais elle est encore indispensable pour que certains personnages puissent y mettre des annotations, apostilles, recommandations, etc. En tout cas, qu'on ait à écrire une pétition ou une simple lettre, on devra se garder soigneusement des ratures, surcharges et observations ; le mot *Monsieur* et ses qualificatifs, *Monsieur le Comte*, *Monsieur le Marquis*, etc. seront toujours écrits en toutes lettres, et même répétés plusieurs fois si la lettre ou pétition est un peu longue. Toutefois, on ne devra pas en abuser, comme on le faisait sous le règne de Louis-Philippe ; nous avons vu une lettre de cette époque, comprenant trente lignes, et où le mot *Monsieur* était répété vingt-cinq fois.

§ 5. Des formules finales

Les fins de lettres ont préoccupé et préoccupent encore nombre de personnes. Il est de fait que c'est véritablement un art de bien savoir terminer une lettre : Racine, Boileau, Madame de Sévigné, Voltaire, J. J. Rousseau, etc., y ont particulièrement excellé. Ganganelli qui eut une nombreuse correspondance à l'époque où il n'était encore que cardinal, apportait un tour varié et original, une grâce toute spéciale dans ses fins de lettres. « Cette lettre, écrivait-il à un homme qui avait été son protecteur, n'aurait aucune valeur, aucun sens, aucune signification, si elle ne me permettait de vous assurer une fois de plus des sentiments profonds d'attachement qui me lient à vous pour la vie. »

Mais somme il n'est pas donné à tout le monde de trouver des tours de phrase aussi heureux, nous allons indiquer les différentes formules finales de lettres à employer, selon que le rang de la personne à qui l'on écrit est plus ou moins élevé dans la société.

Nous devons dire tout d'abord que ces formules sont peu variées : elles peuvent se ramener à un très petit nombre. Ce n'est même généralement que des nuances assez légères qui les distinguent, et quelques-unes peuvent littéralement servir pour des personnages différents. Toutefois, nous ne sommes pas de l'avis d'un *Secrétaire* qui, donnant des formules finales pour lettres, suppliques ou pétitions, adressées au pape, à un souverain, un prince, un ministre, un cardinal, un évêque, un préfet, etc., déclare invariablement que le pétitionnaire est, de la personne à qui il écrit,

Le très humble et très obéissant serviteur.

Certes, nous n'avons pas qualité pour faire prévaloir telle ou telle formule au détriment de telle autre ; mais nous ferons observer que l'emploi presque général de « Votre très humble et très obéissant serviteur » ne peut réellement s'expliquer que par la routine qui a tant de puissance en France. En effet, voilà plusieurs siècles que cette formule a cours, et, si l'on veut se donner la peine de l'analyser, on verra qu'elle renferme une idée d'aplatissement, de domesticité, qui choque, qui blesse la dignité humaine. Nous sommes donc très loin de partager la manière de voir d'un autre *Secrétaire* qui trouve cette formule éminemment respectueuse, et qui ajoute ensuite ces lignes étonnantes :

« On se sert souvent de la formule suivante :

Recevez, ou *agréez*, ou *veuillez recevoir*, ou *veuillez agréer*,

Monsieur,

L'assurance de ma considération distinguée,

ou *de ma haute considération*.

« Ces manières de s'exprimer sont polies, mais ne doivent s'employer que vis-à-vis d'un inférieur ou d'un égal. Votre supérieur n'a pas besoin de savoir si vous avez de la considération et de l'estime pour lui ; vous lui devez autre chose que de la considération, à savoir, du respect et quelquefois de l'obéissance. »

On nous permettra de trouver bien difficile l'auteur de ce *Secrétaire*, qui fait fi de l'estime, de la considération et du respect si on n'y joint l'obéissance. Sans doute, un inférieur qui écrit à son supérieur, comme un employé de ministère à son ministre, devra parler de ses sentiments d'obéissance, mais celui qui fait une pétition n'est pas par cela seul l'inférieur de celui à qui il l'envoie. Un inventeur peut demander un brevet d'invention au président de la République, un publiciste peut exposer par écrit aux Chambres une réforme qu'il croit utile à son pays, et dans ces cas-là, comme dans beaucoup d'autres, il ne viendra à l'idée de personne que le pétitionnaire est un inférieur.

Nous n'avons pas la prétention de croire que nos observations feront abandonner le « très humble et très obéissant serviteur; » aussi, pour les personnes qui désireraient s'en servir, nous indiquerons la formule suivante, qui passe pour très respectueuse :

Je suis avec respect, ou *avec un profond respect*,
ou *avec le plus profond respect*,
Monsieur,
Votre très humble et très obéissant serviteur.

En voici d'autres qui, pour être plus simples, sont, à notre avis, tout aussi respectueuses, et sauvegardent mieux, ce nous semble, la dignité de la personne qui écrit :

Veuillez agréer,
Monsieur
L'hommage de mon plus profond respect.

Daignez agréer,
Monsieur,
L'hommage de mon respectueux dévouement

De même qu'en tête de la lettre on a fait suivre le mot *Monsieur* des titres de la personne à qui on écrit, de même devra-t-on répéter ces titres dans la formule finale. Si l'on s'adresse au président de la République ou à un ministre, par exemple, on dira :

Daignez agréer, avec mes sentiments respectueux,
Monsieur le Président de la République,
L'hommage de mon plus profond dévouement.

Veuillez agréer, avec l'assurance de ma haute considération,
Monsieur le Ministre,
L'hommage de mon profond respect, ou *de mon entier dévouement*, ou encore, *L'hommage de mon profond respect et de mon entier dévouement.*

Passons maintenant à des formules plus familières :

Croyez, je vous prie, ou *Veuillez croire à mon respectueux attachement.*

Soyez bien persuadé que je suis et serai toujours
Votre tout dévoué.

Veuillez agréer mes salutations empressées, ou *mes salutations respectueuses.*

Dans quelques lettres d'affaires, on se sert parfois de la formule finale : *J'ai l'honneur de vous saluer*, ou *Je vous salue.* Mais cette formule, acceptable pour ce genre de lettres, serait partout ailleurs considérée comme une formule blessante, inconvenante au dernier chef. Nous ne saurions donc trop recommander à nos lecteurs qu'ils s'abstiennent de s'en servir.

Enfin, voici des formules tout à fait familières :

Croyez, mon cher ami, à ma franche et sincère amitié.

Tout à vous, ou *Tout à vous de tout cœur.*

Veuillez croire, je vous prie, à la sincérité et à la durée de mes sentiments affectueux.

Je vous serre la main et vous embrasse comme je vous aime, c'est-à-dire de tout cœur.

Si vous êtes l'obligé de la personne à qui vous écrivez, il faut faire mention de votre reconnaissance :

Daignez recevoir, Monsieur, l'expression de ma respectueuse ou *de mon affectueuse reconnaissance,* selon le degré de familiarité qui existe entre vous et le destinataire de la lettre.

§ 6. Enveloppes, cachet, adresse

Il n'y a pas à se préoccuper des enveloppes qui doivent accompagner tel ou tel papier : tous les papetiers ont les enveloppes correspondantes au papier dont vous faites usage.

Toutefois, quand il s'agit de lettres d'affaires, il vaudrait mieux ne pas se servir d'enveloppe : le timbre de la poste, apposé sur la lettre même, peut, dans certaines circonstances, tenir lieu de l'enregistrement; s'il est apposé sur l'enveloppe, on comprend facilement qu'il ne saurait avoir grande valeur, et, dans le cas où la lettre ne serait pas datée, il pourrait s'ensuivre des difficultés.

Aujourd'hui les enveloppes sont toutes gommées, et on n'emploie guère la cire que pour les lettres chargées, c'est-à-dire celles qui contiennent des valeurs, ou celles qui sont l'objet d'un supplément d'affranchissement, afin que la lettre ne soit remise au destinataire que contre sa signature. Alors c'est toujours la cire rouge dont on se sert. Quant aux cires parfumées et de différentes couleurs, elles ne s'emploient guère qu'entre amis ou amies, amants et maîtresses, etc.

Il n'est plus d'usage de répéter deux fois le mot *Monsieur* quand on met l'adresse d'une lettre; on indique simplement le nom, la profession et la résidence du destinataire, à moins qu'il ne s'agisse d'un haut fonctionnaire, préfet, général, procureur de la République, etc., auquel cas le nom de la ville suffit. Si l'on envoie une lettre dans une localité qui n'a pas de bureau de poste, il faut mentionner le bureau qui dessert cette localité. En haut, à droite, on met le timbre-poste, et, en bas, du même côté, le nom du département auquel appartient la ville, excepté quand il s'agit de grandes villes, comme Paris, Rouen, Lyon, Bordeaux, etc.

Voici quelques modèles d'adresse :

Monsieur le Procureur de la République,
à Nancy.

Monsieur X., propriétaire,
15, rue Lamartine,
Mâcon.

Monsieur X., charpentier,
à Poussandre
(Commune de Bons-Tassilly)
par Falaise
Calvados.

Nota. — Le mot *Monsieur* doit être aussi écrit sur l'enveloppe, en toutes lettres; les abréviations à ce sujet doivent être rigoureusement interdites.

III. INSTRUCTIONS SUR LE SERVICE DES POSTES ET TÉLÉGRAPHES

§ 1. Postes

Le format de notre ouvrage ne nous permettant pas de grands développements, nous ne relaterons ici que l'indispensable; d'ailleurs, nous avons trop bonne opinion de nos lecteurs pour leur donner des renseignements comme les suivants, que nous trouvons dans un ouvrage actuellement sous nos yeux :

« L'affranchissement d'une lettre s'opère au moyen de timbres-poste, que l'on trouve chez les receveurs des postes, les boîtiers, les débitants de tabac et de papier timbré.

. . . .

« On mouille le timbre qui est gommé, et on le colle soi-même.

. . . .

« On peut, en combinant deux ou plusieurs timbres-poste de prix différents ou de même valeur, former des affranchissements d'un prix plus élevé. Par exemple : deux timbres-poste de 15 centimes équivaudront à un timbre de 30 centimes. Deux timbres de 30 centimes affranchiront la lettre de 60 centimes. »

Certes, M. de la Palisse n'aurait pu mieux dire !

TAXE DES LETTRES ORDINAIRES POUR LA FRANCE ET L'ALGÉRIE.

Jusqu'à 15 grammes une lettre est affranchie par un timbre de 15 centimes.

De 15 grammes à 30 grammes, par un timbre de 30 centimes ; et ainsi de suite, en ajoutant 15 centimes par 15 grammes ou fraction de 15 grammes.

Si la lettre n'est pas affranchie, la somme à payer sera double.

AFFRANCHISSEMENT DES LETTRES ET IMPRIMÉS POUR LES COLONIES FRANÇAISES.

L'affranchissement des correspondances expédiées de France et d'Algérie, à destination des colonies françaises, est réglé de la façon suivante :

Lettres, 25 centimes par 15 grammes;

Cartes postales, 10 centimes;

Papiers d'affaires : 25 centimes pour les premiers 250 grammes, puis 5 centimes par 50 grammes jusqu'à 2 kilogrammes;

Échantillons : 10 centimes pour les premiers 100 grammes, puis 5 centimes par 100 grammes jusqu'à 300 grammes;

Journaux et autres imprimés ordinaires, 5 centimes par 50 grammes.

Tous ces imprimés, journaux, échantillons, papiers d'affaires, cartes postales, lettres, peuvent être recommandés moyennant le payement en plus d'un droit fixe de 25 centimes.

AVIS IMPORTANT AU SUJET DES LETTRES.

Nous recommandons expressément à nos lecteurs, qui pourraient l'ignorer, de ne jamais mettre dans la boite une lettre contenant des matières d'or ou d'argent, des bijoux ou autres effets précieux, ou d'insérer dans la lettre des billets de banque, bons, coupons de dividendes ou d'intérêts payables au porteur.

On s'exposerait à une amende de 50 à 500 francs.

FRANCHISE DES POSTES.

Les fonctionnaires suivants jouissant de la franchise des postes dans toute la France, il est inutile d'affranchir les lettres qu'on leur adresse :

Le président de la République. — Le président du Sénat et de la Chambre des Députés. — Les ministres. — Le président de la Cour de Cassation. — Le gouverneur de l'Algérie. — Le préfet de la Seine. — Le préfet de police et quelques autres fonctionnaires dans le ressort de leurs fonctions.

§ 2. Télégraphes

CORRESPONDANCES TÉLÉGRAPHIQUES.

On comprendra facilement que, pour éviter les chances d'erreur, on rédige sa dépêche très clairement et très lisiblement; on peut indifféremment la faire d'avance ou l'écrire au bureau même.

La minute d'une dépêche est conservée pendant un an : expéditeur ou destinataire peuvent en obtenir copie moyennant une taxe de 50 centimes.

Pour toute la France, Corse comprise, le prix de la dépêche est fixé à raison de 5 centimes par mot, sans qu'elle puisse coûter moins de 50 centimes, même si elle ne contient pas dix mots.

La réponse peut être payée d'avance. Dans ce cas, l'expéditeur fixe le nombre de mots, paye la réponse à sa dépêche, et écrit : *Réponse payée,* avant l'adresse.

MANIÈRE DE COMPTER LES MOTS.

S'il est un genre de correspondance où l'on doive éviter les mots inutiles, c'est celui-là ; sinon on s'exposerait à augmenter sans nécessité le prix d'une dépêche.

Nous ne nous occuperons ici que du tarif français.

L'élision (*l'homme* pour *le homme*) compte pour un mot; il en est de même du souligné : *recommandé instamment* comptera pour trois mots ; quant aux signes de ponctuation, ils sont considérés comme nuls.

Les mots composés faisant l'objet d'un article spécial dans le *Dictionnaire de l'Académie,* sont également considérés comme un mot : *contre-coup*, *arc-en-ciel.*

Comptent encore pour un mot :

1° Les noms géographiques : Bouches-du-Rhône, le Puy, Saint-Jean-de-Losne ;

2° Les noms des rues, places, quais, ainsi que le numéro de la maison : *rue Sainte-Catherine-des-Aulx*, 15, trois mots.

Les noms de famille, qu'ils appartiennent à une seule personne ou qu'ils expriment une raison sociale, comptent au contraire pour le nombre de mots employés à les exprimer : Duc de la Rochefoucauld-Bisaccia, 5 mots ; Blandin, Simon et Comp., 4 mots.

Les nombres écrits en toutes lettres sont taxés en raison du nombre de mots qu'ils contiennent; mais en chiffres, ils ne comptent que pour un mot jusqu'à cinq chiffres ; au delà, le reste est compté comme des mots autant de fois que ce reste contient cinq chiffres ou fraction de cinq chiffres. Ainsi *dix mille six cent quatre-vingt-dix-sept* seront taxés comme huit mots, et, 10,697 comme deux mots, à cause de la virgule qui se compte ici. La barre de la division dans les fractions compte aussi comme si c'était un chiffre : aussi, seront taxés comme un mot 43 1/4, et comme deux mots 143 1/4, car il y a là l'équivalent de six chiffres.

Voici un modèle de dépêche télégraphique : les mot sont indiqués par des numéros.

1 2 3 4 5
Dethor, quatorze, quai de la Vitriolerie. Lyon.
6 7 8 9 10 11 12 13 14
Rhône. Hélène a mis au monde un superbe garçon.
15 16 17 18 19
Baptême demain. Compte sur vous.
20
THENLOT.

CHAPITRE II

PÉTITIONS

Demande de dispense pour contracter mariage entre beau-frère et belle-sœur

A Monsieur le Président de la République française,

Monsieur le Président de la République,

J'ai l'honneur de vous exposer les faits suivants :

Il y a treize mois, un double deuil venait me frapper cruellement : je perdais le même jour ma femme et mon frère. Aujourd'hui j'ai pris la suite des affaires de mon frère, mais le poids en est lourd pour une personne isolée. Ma belle-sœur, mise au courant de ce genre de commerce du vivant de son mari, me rend à la vérité quelques services, mais elle ne peut me consacrer qu'une faible partie de la journée. Aussi, pour remédier à cet état de choses, suis-je décidé à l'épouser, si vous voulez bien m'accorder la dispense nécessaire pour contracter ce mariage. J'aurais alors une associée intelligente et dévouée, et mes enfants, une mère, véritablement digne de ce nom.

Dans l'espoir que vous accueillerez favorablement ma demande, permettez-moi de vous adresser,

Monsieur le Président de la République,

L'hommage de mon profond respect

et de mon entier dévouement.

Signature.

Date.

Adresse.

Recours en grâce ou commutation de peine

A Monsieur le Président de la République française.

Monsieur le Président de la République,

Mon fils vient d'être condamné à mort par la Cour d'assises de..... Je ne me dissimule pas l'énormité de son crime, et cependant, ce n'est pas un être absolument perverti, vicieux, complètement corrompu, sur lequel la justice vient de prononcer son arrêt. Non, il a été seulement égaré, séduit, entraîné hors du droit chemin par des fréquentations malsaines : tout bon sentiment n'est pas éteint en lui, et il peut dans l'avenir arriver à réparer son crime dans la mesure du possible. Certes, il n'a eu de notre part que des exemples de probité; mais il nous aurait fallu, mon mari et moi, l'assujettir à une surveillance sévère, et le travail pénible auquel nous nous livrions tous deux pour gagner notre pain de chaque jour, nous forçait de l'abandonner pour ainsi dire au hasard.

Je vous supplie, Monsieur le Président de la République, d'avoir pitié de mon mari et de moi, de notre longue existence, toute d'honnêteté et d'honorabilité; aussi j'ose vous demander de ne pas permettre que notre fils monte sur l'échafaud : chaque goutte de sang versé serait autant de honte qui rejaillirait sur nous.

Daignez agréer,

Monsieur le Président de la République,

L'hommage respectueux de votre dévouée servante.

Signature.

Date.

Nota. — S'il s'agit non d'un crime, mais d'une faute qui permette au Président de la République d'accorder la grâce du condamné, on pourra se servir de la même lettre, mais en y introduisant quelques modifications que le lecteur n'aura pas de peine à faire lui-même.

Demande d'audience

A Monsieur le Président de la République française.

Monsieur le Président de la République,

J'ai l'honneur de vous demander l'insigne faveur d'être reçu par vous en audience particulière. Il me serait difficile, pour ne pas dire impossible, de vous exposer par écrit la situation difficile et malheureuse où je me trouve. Il y a des situations, — et la mienne est de ce nombre, — que la plume est impuissante à retracer fidèlement. En peu de mots, je saurais mieux me faire entendre, si vous daigniez vous déranger pour moi pendant quelques instants de vos hautes occupations.

Je vous supplie en grâce de me recevoir, et vous prie d'agréer,

Monsieur le Président de la République,
L'hommage de mon respectueux dévouement.

Demande d'un bureau de tabac

A Monsieur le Ministre des Finances.

Monsieur le Ministre,

Pensionné de l'État à la suite d'infirmités contractées au service dans les colonies, j'ai eu le bonheur de voir pendant plusieurs années que ma pension me permettait de subvenir à tous mes besoins. Mais ma mère vient de mourir après une douloureuse maladie qui s'est prolongée pendant plus de deux ans, et qui m'a forcé non seulement d'épuiser mes ressources, mais encore d'engager l'avenir.

Le bureau de tabac de..... est vacant; si je pouvais l'obtenir de votre bonté, je serais désormais sans inquiétude, car il me serait facile de faire face à mes engagements, et mes vieux jours se passeraient à l'abri de la misère.

Veuillez agréer,

Monsieur le Ministre,
L'hommage de mon profond respect.

Signature.

Date.

Adresse.

Demande d'admission à l'hôtel des Invalides

A Monsieur le Ministre de la Guerre.

Monsieur le Ministre,

Pierre Grandjean, né à Saint-Étienne-du-Bois, canton de Treffort, département de l'Ain, soldat au 35e régiment de ligne, 2e bataillon, 1re compagnie, et comptant treize années de service, a l'honneur de vous exposer qu'il est actuellement impropre non seulement au service militaire, mais encore à toute espèce de travail, par suite de la perte du bras droit, dont l'amputation a été jugée nécessaire après la bataille de....., où il a reçu un coup de feu.

Il prend donc la liberté de solliciter de votre bienveillance, la haute faveur d'être admis à l'Hôtel des Invalides.

Dans l'espoir d'une réponse favorable, il a l'honneur d'être,

Monsieur le Ministre,
Votre très respectueux subordonné.

Nota. — Il faut toujours joindre aux pétitions de ce genre les certificats qu'on a eus de ses chefs, et un certificat du maire de la commune qu'on habite, constatant qu'on n'a d'autre ressource que l'asile sollicité.

Demande de billets pour visiter les musées et autres établissements

A Monsieur le Ministre de l'Intérieur.

Monsieur le Ministre,

Un de mes parents vient d'arriver chez moi, muni d'un congé de six semaines, dont l'a gratifié son administration, et désire visiter dans tous ses détails, autant que faire se pourra, notre belle capitale qu'il ne connaît pas encore.

J'ai donc l'honneur de vous prier, Monsieur le Ministre, de donner des ordres à votre chef de cabinet, afin qu'il me fasse parvenir quelques entrées pour les musées, galeries, manufactures, et autres principaux établissements de l'État.

Dans l'espoir que ma demande recevra un accueil favorable, je vous prie d'agréer,

Monsieur le Ministre,
L'hommage de mon profond respect
et de ma haute considération.

Demande de renseignements sur un parent habitant à l'étranger ou aux colonies

A Monsieur le Ministre de la Marine et des Colonies.

Monsieur le Ministre,

Le sieur Andrade, Charles-Frédéric, né à Paris le 15 juillet 1830, a quitté la France le 3 août 1872, et depuis lors, n'a donné aucune nouvelle, aucun signe d'existence.

Les membres de sa famille ayant besoin de sa signature ou de son acte de décès, m'ont chargé d'être leur interprète auprès de vous pour que vous vouliez bien ordonner des recherches à son sujet, recherches qui nous apprendront le lieu de sa résidence s'il est vivant, ou, s'il est mort, le jour et l'endroit où s'est produit son décès.

Nous n'avons malheureusement, Monsieur le Ministre, que peu de renseignements à vous donner, et encore n'est-ce que des renseignements officieux, de source indirecte : le sieur Andrade est parti d'abord pour Boston, où il est resté trois ans, et, il y a dix-huit mois, nous avons appris qu'il a été vu à la Nouvelle-Orléans; il est toujours, paraît-il, fermement décidé à rester sans communication avec sa famille.

Nous vous serions obligés de donner des ordres pour que nous ayons des renseignements précis à son égard, s'il est vivant, ou copie de son acte de décès, s'il est mort.

Veuillez agréer, avec l'assurance de notre haute considération,

Monsieur le Ministre,
L'hommage de notre profond respect.

Demande d'une permission pour communiquer avec un détenu

A Monsieur le Ministre de l'Intérieur.

Monsieur le Ministre,

En vertu d'un mandat décerné par M. le Procureur de la République, des agents sont venus, il y a huit jours, arrêter mon fils, prévenu d'émission et peut-être de fabrication de fausse monnaie.

Fort de sa conscience, sûr de son innocence qu'il démontrera facilement quand l'occasion lui en sera fournie, il s'est laissé incarcérer sans la moindre résistance, sans la moindre protestation.

Depuis le jour de son arrestation, j'ai essayé vainement de parvenir jusqu'à lui pour lui remettre les habillements dont il a besoin, et les papiers qui sont nécessaires à sa défense.

J'ose espérer que votre bienveillante équité fera cesser cette injustifiable rigueur dont on use contre lui, — car il n'est pas au secret, — et que je pourrai bientôt avoir la consolation de le voir et de lui parler librement.

C'est dans cette espérance que je vous prie d'agréer,

Monsieur le Ministre,

L'hommage respectueux de votre dévouée servante.

Demande d'une veuve pour faire rentrer son fils appelé sous les drapeaux du vivant de son père

A Monsieur le Ministre de la Guerre,

Monsieur le Ministre,

La soussignée Charlotte Reinert, veuve de Chartier Jacques-François, a l'honneur de vous informer que son mari est mort il y a six mois, et que par conséquent son fils, appelé sous les drapeaux et incorporé au 46e régiment de ligne à Poitiers, se trouve maintenant exempté par la loi comme fils de veuve, et a droit de revenir dans ses foyers. Je me suis hâtée de faire parvenir à son colonel toutes les pièces utiles, et, outre sa promesse d'en référer à votre Ministère, il a accordé à mon fils, le soldat Chartier Jean, un congé provisoire de trois mois, congé qui, actuellement, n'est plus valable que pour quinze jours.

Je me permets donc de vous prier, vu l'urgence, de hâter le rapatriement de mon fils, et j'ose vous présenter,

Monsieur le Ministre,
L'hommage de ma reconnaissance
et de mon profond respect.

Demande de secours pour une veuve de militaire

A Monsieur le Ministre de la Guerre.

Monsieur le Ministre,

J'ai l'honneur de vous exposer les faits suivants :

Mon mari, sergent au 85e de ligne, a été tué en Afrique au commencement de cette année, et cette mort qui me prive de tout appui, me laisse en outre la charge exclusive de trois enfants en bas âge. Comme je n'ai d'autre ressource pour les élever que la modeste pension accordée par le Gouvernement aux veuves de militaires, je viens solliciter de votre humanité un secours qui me permette d'en faire des hommes braves comme leur père et dignes de leur pays. Et ce n'est pas ici l'affection que portait une veuve à son mari qui me fait parler ainsi du père de mes enfants : je vous adresse ci-joint le certificat de son colonel, qui atteste sa conduite héroïque dans l'affaire où il a trouvé la mort.

Je me confie en votre bienveillante justice, et suis persuadée que vous ne voudrez pas tromper l'espoir d'une pauvre mère de famille. Aussi, est-ce dans cette persuasion que je vous prie d'agréer,

Monsieur le Ministre,
L'hommage de ma reconnaissance et
de mon profond dévouement.

Nota. — Les pétitions de cette catégorie devront toujours être accompagnées d'un certificat du maire de la commune qu'on habite, constatant la position du réclamant et la réalité des faits invoqués.

Demande de naturalisation

A Monsieur le Garde des Sceaux, Ministre de la Justice.

Monsieur le Garde des Sceaux,

Je viens solliciter de votre bienveillance la haute faveur d'être naturalisé Français.

Né à Bruxelles d'un père belge et d'une mère française, je vins en France à l'âge de cinq ans, et j'y suis depuis lors, car mon père étant mort quelques mois après notre arrivée à Paris, ma mère ne voulut plus retourner dans le pays de son mari.

Je compte donc aujourd'hui vingt ans de séjour

dans cette France que ma mère m'a appris à aimer comme ma véritable patrie.

C'est là le seul titre qui milite en faveur de la demande que j'ai l'honneur de vous adresser, et, dans l'espoir que vous voudrez bien l'accueillir favorablement,

Daignez agréer,

Monsieur le Garde des Sceaux,

L'hommage de mon profond respect et de mon entier dévouement.

Demande de bourse dans un lycée

A Monsieur le Ministre de l'Instruction publique et des Beaux-Arts.

Monsieur le Ministre,

Le nommé Frédéric Armand, pharmacien à Villefranche (Rhône), ose s'adresser à votre bienveillante sollicitude, pour que vous daigniez accorder une bourse dans un lycée à son fils, Louis-Armand, âgé de dix ans.

Cet enfant désirerait pouvoir entrer dans quelques années à l'École navale, pour, de là, servir dans la marine de l'État. à l'exemple d'un de ses oncles et de son aïeul maternel. Malheureusement, les aptitudes qu'il montre déjà pour les sciences ne peuvent être secondées qu'imparfaitement, car le collège de notre ville n'a pas de cours de mathématiques spéciales.

J'espère qu'à la lecture du certificat délivré à mon fils par le principal de son collège, et du certificat du maire constatant l'insuffisance de nos ressources, vous daignerez accueillir favorablement ma demande.

C'est dans cet espoir que je vous prie d'agréer,
Monsieur le Ministre,
L'hommage de ma reconnaissance
et de mon profond respect.

Demande d'un brevet d'invention

A Monsieur le Ministre du Commerce.

Monsieur le Ministre,

Le nommé Jules Reysart, fabricant de vernis à Paris, rue Montmartre, 56, a l'honneur de vous exposer qu'il a découvert un vernis rendant inaltérable les objets sur lesquels il a été appliqué. Un capitaine au long cours, qui est resté un an sur mer, est revenu ces jours-ci, et son navire était dans le même état que s'il avait été enduit de mon vernis une semaine auparavant.

Je vous prie donc de vouloir bien me faire accorder

un brevet d'invention d'une durée de trente ans, pour mon pays, et de vingt ans pour l'étranger (désigner les pays, car on a à acquitter autant de droits qu'il y a de pays différents) ; et j'ose en même temps vous prier de hâter le travail des bureaux, de peur des contrefaçons qui pourraient se produire avant la délivrance de mon titre.

Veuillez me laisser espérer, je vous prie, une réponse prompte et favorable, et daignez agréer,

Monsieur le Ministre,
L'hommage de ma reconnaissance
respectueuse.

Demande par un soldat d'une permission de se marier

A Monsieur X.., général de.....

Monsieur le Général,

Pierre Chevalier, natif de Saint-Georges, arrondissement de Villefranche, département du Rhône, ayant déjà passé quatre ans et demi sous les drapeaux, dans le 83e régiment de ligne, 1er bataillon, 1re compagnie, en garnison à Châlon-sur-Saône, a l'honneur de solliciter de votre bonté une permission qui l'autorise à contracter mariage avec la demoiselle Charlotte Vauthier, demeurant dans cette ville. Cette union lui procurerait un établissement très avantageux, et lui permettrait, avec du travail et de la persévérance, d'arriver promptement à une aisance relative.

Comme l'instant où j'obtiendrai mon congé est assez rapproché, et que ma conduite au corps n'a jamais donné lieu à un reproche, ni même à une observation, j'espère en votre bienveillance pour voir ma demande accueillie favorablement.

Dans cet espoir, je vous prie d'agréer,

Monsieur le Général,

L'hommage respectueux de votre subordonné.

Demande d'exonération totale ou partielle de versement pour le volontariat

A Monsieur le Préfet de.....,

Monsieur le Préfet,

J'ai l'honneur de vous exposer les faits suivants :

J'ai tenu à ce que mon fils L. B..., l'aîné de six enfants, subît l'examen du volontariat, car son absence pendant cinq ans, de la maison paternelle, m'aurait été fort préjudiciable ; en effet, sa mère étant presque toujours malade, il m'aide à élever ses frères, et, de plus, depuis plusieurs années, je trouve en lui un auxiliaire fort utile pour mon commerce. Enfin, il vient de répondre dignement aux sacrifices que je me suis imposés pour lui ; dernièrement, il a passé avec succès ses examens de volontariat.

Malheureusement, au moment où je m'apprêtais à verser la somme de 1500 francs, un de mes débiteurs est mort insolvable, me laissant exposé à la faillite. Mon fils n'a pas hésité à renoncer au bénéfice du volontariat, pour que je puisse faire face aux échéances inattendues qui me survenaient. De mon côté, je me suis vu forcé d'accepter, quoique à regret, un pareil sacrifice : il s'agissait non seulement de mon honneur, mais du sien, de celui de la famille tout entière. Je viens donc faire appel, Monsieur le Préfet, à votre bienveillance, à votre humanité, pour que vous vouliez bien me faire obtenir l'exonération, sinon totale, du moins partielle, de la somme exigée.

Ci-joint les certificats des autorités du pays, contenant les preuves de ce que j'avance.

En attendant votre réponse, je vous prie d'agréer,
Monsieur le Préfet,
L'hommage de ma sincère reconnaissance
et de mon profond respect.

Demande de l'assistance judiciaire

A Monsieur le Procureur de la République, près le tribunal de première instance de.....

Monsieur le Procureur de la République,

A la nouvelle de la mort de ma mère, je suis arrivé immédiatement à..., et me suis rendu sans tarder chez mon beau-frère qui s'était approprié les valeurs et le mobilier de la succession. Quand je lui ai parlé d'un règlement de comptes, il m'a soutenu effrontément que ma mère n'avait rien laissé, et qu'il avait même été forcé de payer les frais d'enterrement.

Or, cette allégation est complètement fausse, et je me fais fort de le démontrer devant le tribunal où mon beau-frère et moi comparaîtrons, si vous voulez bien me faire accorder le bénéfice de l'assistance judiciaire.

Je joins à ma demande deux certificats, l'un, du percepteur de ma localité, constatant que je ne suis pas imposé au rôle des quatre contributions directes, l'autre, du maire de ma commune, attestant que je n'ai pas de moyens d'existence.

Veuillez agréer,

Monsieur le Procureur de la République,

L'hommage de ma haute considération.

CHAPITRE III

LETTRES DE BONNE ANNÉE ET DE FÊTE

Lettre de bonne année d'un jeune enfant à ses parents

Mon cher Papa et ma chère Maman,

J'aurais désiré de tout mon cœur pouvoir vous embrasser cette année, et vous assurer de vive voix que vous trouverez toujours en moi un enfant bien sage et bien docile. Puisque cette joie m'est refusée, permettez que je vous envoie l'expression de mes sentiments d'affection, et les vœux ardents que je forme pour votre bonheur, heureux si pour ma part je puis contribuer à les réaliser par mon travail, mon zèle et mes efforts.

J'ai fait tout ce que j'ai pu pour ne pas faire de fautes d'orthographe dans les quelques lignes que je vous adresse ; veuillez, je vous prie, me dire si j'ai réussi, et si mon écriture est devenue meilleure depuis l'année dernière.

J'espère que je pourrai bientôt vous revoir, et c'est

dans cette espérance, mon cher papa et ma chère maman, que je vous embrassse de tout cœur.

Votre fils qui vous aime et vous aimera toujours.

Paris, 30 décembre 18 .

Lettre de bonne année d'un fils à ses parents

Mes chers Parents,

Soyez persuadés que je ne prends pas la plume aujourd'hui uniquement pour me conformer à l'usage; je cède à un mouvement naturel, à la pensée d'un devoir à remplir, au besoin impérieux et légitime de vous exprimer ma respectueuse affection. Je n'ignore pas tous les sacrifices que vous vous êtes imposés et que vous vous imposez encore pour que je puisse profiter des bienfaits de l'instruction; je n'ignore pas non plus que la meilleure manière de les reconnaître consiste pour moi dans un redoublement d'activité et d'efforts: aussi je vous promets de ne rien négliger pour vous procurer la joie de voir que vos sacrifices n'ont pas été stériles, que vous n'avez pas affaire à un fils ingrat. Telles sont les promesses que je vous fais aujourd'hui; et, comme leur réalisation ne dépend que de moi, vous pouvez être certains de les voir bientôt accomplies. Permettez-moi en même temps, mes chers parents, de vous souhaiter la continuation d'une bonne santé, et de me dire avec une tendresse respectueuse

Votre fils bien dévoué.

Paris, 30 décembre 18 .

Lettre de bonne année d'un fils marié à ses parents

Mes chers Parents,

L'heure prochaine du renouvellement de l'année me fait reporter avec une émotion bien douce à une époque déjà éloignée, où, entouré de vos soins, guidé par vos conseils, je trouvais en vous l'exemple vivant du travail et de la persévérance. Chaque jour je comprends davantage l'étendue de vos sacrifices à mon égard, la lourde tâche que vous vous étiez assignée pour me faire un avenir riant et facile, et que vous avez remplie jusqu'au bout, sans qu'on ait jamais pu constater dans votre zèle un symptôme de ralentissement et de défaillance. Aussi chaque jour je sens grandir en mon cœur ma reconnaissance et la tendresse respectueuse que je vous ai vouée.

Ma femme se joint à moi pour vous en offrir la sincère expression, et vous souhaiter l'accomplissement de vos désirs ; quant à mon petit Alfred, il vous embrasse bien affectueusement, mais j'espère que l'année prochaine, il saura se servir d'une plume pour vous exprimer lui-même combien il vous chérit tendrement.

Votre fils tout dévoué.

Lettre de bonne année à un parent quelconque oncle, tante, cousin et cousine, etc.

Mon cher Oncle,

Cette année, nous sommes trop éloignés l'un de l'autre pour que je puisse vous présenter de vive voix l'expression de ma tendresse et de mon affection. Je suis donc forcé de demander à la plume de suppléer à la parole, de combler, pour ainsi dire, la distance qui nous sépare, et malgré mon inhabileté à vous offrir les vœux de bonheur que je forme pour vous, j'ose espérer que vous voudrez bien les accepter en raison de leur sincérité.

Votre neveu qui vous aime.

Lettre de bonne année à une belle-mère

Ma chère Mère,

Le bonheur que je vous dois, la tendresse que vous me montrez, les mille prévenances dont à chaque instant je suis l'objet de votre part, tout enfin me fait un devoir de vous témoigner mes sentiments de reconnaissance. Permettez-moi donc de vous offrir aujourd'hui l'hommage d'un respect qui vous est si légitimement dû, et veuillez croire à la vive affection de

Votre fils bien dévoué,
ou, Votre fille bien dévouée,

Nota. — Quelques personnes emploient souvent l'expression : *Votre fils affectionné.* Il est tout à fait incorrect de se servir du mot *affectionné* dans le sens actif; on ne peut le faire que dans le sens passif; par conséquent, il faut s'interdire rigoureusement l'usage de cette expression

Lettre de bonne année à un tuteur

Mon cher Tuteur,

Si je n'ai pas tardé à trouver un adoucissement au coup terrible qui m'a frappé quand j'ai perdu mon père, c'est à vous que j'en suis redevable, à votre bienveillance éclairée, à votre zèle infatigable, en un mot, à votre dévouement qui ne s'est jamais démenti un seul instant. Aussi serais-je bien ingrat si je ne reportais sur vous l'affection que j'avais vouée à mon père, et si je ne profitais de l'occasion qui se présente aujourd'hui, pour vous prier d'agréer les sentiments respectueux d'affection que vous porte

Votre pupille reconnaissant et dévoué.

Nota. — Selon le degré d'intimité qui existe entre

le pupille et le tuteur, on pourra commencer la lettre par les expressions suivantes : *Monsieur* ou *Mon cher tuteur*, ou encore *Monsieur et cher tuteur*.

Lettre de bonne année à un protecteur

Monsieur,

Vous savez qu'au nombre de mes défauts ne figure pas l'ingratitude ; je me rappelle toujours avec une vive émotion la bienveillance que vous m'avez montrée, la sollicitude dont vous m'avez donné tant de preuves. Aussi, bien que les lettres du jour de l'an fassent souvent naître un sentiment d'ennui chez celui qui est forcé de les lire, je n'hésite pas à vous écrire aujourd'hui pour vous assurer de ma reconnaissance. Veuillez donc accepter les vœux de bonheur que je vous offre, à vous et à votre honorable famille, et si malheureusement ce sont là des vœux stériles, croyez qu'ils n'en sont pas moins ardents et sincères.

Votre obligé reconnaissant.

Lettre de bonne année à un ami

Mon cher Ami,

Si je me conforme en ce jour à l'usage établi depuis si longtemps parmi nous, c'est simplement pour ne pas te laisser dans l'inquiétude; car ton bon cœur croirait sûrement devoir attribuer mon silence à la maladie, à un événement fâcheux ou à toute autre cause grave. En effet, notre vieille amitié n'a pas besoin de ces protestations officielles, de ces expansions de commande, de cet étalage de sentiments plus ou moins sincères qui font explosion de tous côtés à cette époque de l'année. Notre affection est de celles qui grandissent avec le temps, et comme je sais que c'est là ta conviction intime, je juge inutile d'employer avec toi des formules banales. Je me borne donc à te serrer la main, et à faire des vœux ardents pour que nous nous retrouvions bientôt ensemble.

Tout à toi.

Lettre de bonne année à un parrain

Mon cher parrain,

Je saisis avec empressement l'occasion qui s'offre à moi du renouvellement prochain de l'année, pour vous prier d'agréer mes sentiments de profond respect et de vive gratitude. Croyez bien que ma reconnaissance ne pourra qu'augmenter, car je comprends de plus en plus, par l'étendue de vos sacrifices à mon égard, que vous avez été réellement pour moi un second père. Aussi un seul regret se mêle-t-il aujourd'hui à ma joie : celui de ne pouvoir vous assurer que par des mots, de la respectueuse affection que vous porte et vous portera toujours

Votre reconnaissant filleul.

Lettre de bonne année à une marraine

Ma chère Marraine,

Nous voici enfin arrivés aux derniers jours de l'année, époque à laquelle je songe depuis si longtemps et que j'attendais avec une vive impatience, pour pouvoir vous exprimer tous mes sentiments de tendresse respectueuse et de sincère reconnaissance. Soyez assurée que je n'oublierai jamais les soins dont vous m'avez entouré, les sages conseils que vous m'avez donnés, en un mot, votre sollicitude constante qui n'a eu d'égale que celle de ma mère. Je vous l'ai déjà dit souvent ; mais je considère comme un devoir, et un devoir bien doux à remplir, de vous le répéter chaque fois que l'occasion s'en présente.

Veuillez agréer en même temps, ma chère Marraine, les vœux de bonheur que forme pour vous de toute son âme

Votre dévoué filleul.

Lettre d'un élève à son instituteur ou à son institutrice absents à l'occasion du jour de l'an

Monsieur et cher Maître,

Permettez-moi de vous exprimer, à l'occasion du jour de l'an, toute ma gratitude, toute ma reconnaissance respectueuse. Soyez assuré que c'est un devoir bien doux pour moi de venir vous remercier de vos excellentes leçons, de votre patience à m'instruire, de votre humeur toujours égale en face d'un caractère qui, comme le mien, je dois le reconnaître, n'est pas précisément la douceur même. Je vous promets qu'à l'avenir je serai plus docile, plus attentif, que je profiterai dans une plus large mesure de l'instruction que vous distribuez avec tant de zèle, et je forme, de tout mon cœur, le vœu de rester encore longtemps sous votre direction bienveillante et paternelle.

Votre élève reconnaissant.

Lettre à un père pour le jour de sa fête

Mon cher Père,

Vous dire combien je regrette de voir la distance qui nous sépare est assurément chose inutile; vous ne doutez pas du bonheur que j'aurais eu à être près de vous, à vous embrasser, à vous dire que je vous aime. Je dois donc me résigner à confier au papier les vœux de toute sorte que je forme pour vous, vœux stériles, il est vrai, mais que vous voudrez bien accepter, j'en suis sûr, en raison de leur sincérité. Puissé-je un jour vous prouver autrement que par des mots ma vive et respectueuse affection : c'est le plus ferme désir de

Votre fils tout dévoué.

Lettre à une mère pour le jour de sa fête

Ma bonne Mère,

Je suis heureux que le jour de votre fête me fournisse l'occasion de vous exprimer mes sentiments affectueux, de vous faire parvenir les vœux que j'adresse chaque jour à la Providence pour votre bonheur. Croyez bien que ma tendresse grandit à mesure que le souvenir déroule devant mes yeux les années que j'ai passées auprès de vous, pendant lesquelles j'ai été de votre part l'objet de tant de soins, d'attentions et de prévenances. Croyez bien aussi que je ne négligerai rien pour suivre vos recommandations, pour obéir à vos avis, pour mettre en pratique vos sages préceptes. Que je puisse encore longtemps avoir vos conseils pour guide, c'est le vœu le plus ardent et le plus sincère de

Votre fils qui vous aime tendrement.

Nota. Le lecteur doit voir par les deux dernières lettres ci-dessus que les lettres de jour de l'an peuvent servir pour lettres de fête, en y introduisant de très légères modifications. Aussi, c'est ce qui nous engage à clore ici notre chapitre.

CHAPITRE IV

LETTRES DE CONDOLÉANCE DE FÉLICITATIONS, DE REMERCIEMENTS D'EXCUSES, ETC.

Lettre de condoléance à un pére sur la mort de son fils

Monsieur,

A quelle terrible épreuve venez-vous d'être soumis! Quel coup fatal vient de vous frapper! Votre fils bien-aimé n'est plus, lui qui, par son caractère, sa conduite, son amour du travail et ses persévérants efforts, donnait de si brillantes promesses pour l'avenir! Ni vos soins incessants, ni les prescriptions éclairées des princes de la science, n'ont pu arrêter la marche de cette cruelle maladie! Devant un malheur aussi irréparable, je me reconnais impuissant à calmer votre douleur, car je sens trop combien il serait banal de tenter auprès de vous la moindre consolation. Permettez-moi de prendre seulement une part sincère à votre affliction, et de vous rappeler que tous ceux qui ont connu votre fils ont déjà payé à sa mort un légitime tribut de regrets. Puisse cette pensée adoucir un peu vos souffrances et vous rendre quelque courage !

Veuillez croire,

Monsieur,

A l'assurance de mon affectueux dévouement.

Lettre de condoléance à un fils sur la mort de son père

Monsieur,

Je viens vous témoigner toute la part que je prends à vos regrets, et ils doivent être immenses, car vous avez perdu le meilleur des pères. Depuis longtemps, vous le savez, j'avais l'honneur d'être admis dans son intimité, et j'ai pu voir, mieux que personne, les rares qualités qui le distinguaient. De quels soins attentifs n'a-t-il pas entouré votre enfance ! Et, plus tard, avec quel tact, avec quelle délicatesse il est arrivé insensiblement à devenir votre ami, ne voulant plus obtenir que par la persuasion ce qu'il aurait pu exiger en vertu de l'autorité paternelle ! Aussi vous comprendrez la douleur que j'ai ressentie quand vous m'avez communiqué la nouvelle de sa mort, douleur qui, j'en suis sûr, sera partagée par tous ceux qui l'ont connu. Puisez dans cette unanimité de regrets la force dont vous avez besoin pour supporter avec calme le coup dont la Providence vient de vous frapper, et veuillez conserver un peu de l'amitié que portait votre père à celui qui ose se dire

Votre ami tout dévoué.

Lettre de condoléance à un veuf

Mon cher et digne Ami,

Je reçois la nouvelle de la mort de Madame ..., et, puisque je ne puis pas assister à son convoi, permettez-moi du moins de vous dire toute la part que je prends au coup qui vous frappe, et qui vous enlève une compagne aussi aimable que bonne, aussi vaillante que courageuse.

Quelque pénible que soit ce coup, prenez courage, songez à ceux qui vous aiment et qui vous entourent, et enfin croyez bien que cette séparation n'est que passagère.

Il ne nous est pas permis de soulever les voiles qui recouvrent la mort, mais nous devons avoir une entière confiance en l'Être suprême.

Bon courage, mon cher Ami, et croyez-moi

Votre bien dévoué.

Lettre de condoléance à une veuve

Madame,

Vous venez de faire une perte irréparable, cruelle entre toutes, et je ne crois pas qu'une femme puisse en supporter de plus grande. Avoir vécu vingt ans avec un mari, c'est-à-dire avec un consolateur aux heures de tristesse, un conseiller dans les actes difficiles de la vie, un ami sûr et un confident discret à tous les moments de l'existence, et se voir subitement enlever celui que l'on considérait à juste titre comme un autre soi-même, il y a là, je le reconnais, de quoi décourager et abattre, au moins momentanément, les âmes les plus fortes, les âmes le plus solidement trempées.

Mais après les premiers instants accordés à votre douleur, douleur si légitime, hélas ! vous vous rappellerez cette énergie dont vous avez déjà donné tant de preuves, vous vous rappellerez que vous avez un devoir sacré à remplir, qu'il vous reste des enfants à élever, à former, à diriger, jusqu'à ce qu'ils soient en état de se suffire à eux-mêmes, et ce sera là, j'en suis sûre, un grand adoucissement à vos peines.

Je n'ai pas besoin de vous dire combien ma famille et moi sympathisons profondément avec vous ; mon plus vif désir est de vous rendre service dans les circonstances difficiles que vous traversez, et j'espère que, le cas échéant, vous ne refuserez pas l'appui de celle qui se dit

Votre dévouée servante.

Lettre de condoléance sur la mort d'une sœur.

Monsieur,

Je viens vous assurer de la part vive et sincère que je prends à votre profonde douleur, depuis que j'ai appris la perte que vous avez faite de mademoiselle votre sœur. Elle, si vive et si spirituelle, la joie et la grâce de votre maison, elle qui unissait aux dons du cœur les qualités de l'esprit, elle vient de succomber en quelques jours, m'avez-vous dit, à un mal étrange, aussi subit qu'inconnu !

Il serait tout à la fois banal et téméraire de vous offrir des consolations dans un tel moment : d'ailleurs, en pareil cas, la plume est impuissante. C'est à vous à trouver, dans les marques de sympathie qui ne vous feront pas défaut, le courage, la force d'âme nécessaire pour supporter une si terrible épreuve.

Pardonnez-moi si la lecture de ces quelques lignes renouvelle votre douleur, mais je n'ai pas osé me taire dans la crainte que mon silence ne fût interprété défavorablement.

Veuillez croire,

Monsieur,

A l'assurance de ma profonde sympathie.

Lettre de condoléance sur la perte d'un parent elconque

Monsieur,

Laissez-moi, je vous prie, remplir auprès de vous ce que je considère comme un devoir d'ami, laissez-moi essayer de vous distraire pour quelques instants d'une affliction trop légitime, en vous montrant combien je m'associe intimement aux sentiments douloureux qu'ont fait naître en vous la perte cruelle que vous venez de subir.

Des censeurs rigides, des philosophes austères vous diront de raisonner votre douleur, prétendront que vous trouverez dans la froide raison seule des consolations suffisantes. Loin de moi une pareille pensée! Il est naturel que l'homme se montre faible en présence d'un coup inattendu qui le frappe; mais il ne doit pas s'abandonner à sa douleur, il est de son devoir de chercher à réagir contre elle. Et je suis persuadé que vous arriverez à la dompter en voyant l'affliction générale qu'a causée la mort de votre .... (père, oncle, neveu, etc.); d'ailleurs, je ne doute pas que le souvenir de ses vertus ne vous aide puissamment à sortir triomphant de l'épreuve qui vous courbe aujourd'hui. Alors vous pardonnerez à l'ami qui se permet en ce moment de venir troubler votre douleur, et qui vous assure plus que jamais

De ses sentiments d'affectueuse considération.

Lettre de condoléance sur un malheur quelconque

Monsieur,

Depuis longtemps votre silence me pesait, m'inquiétait plus que je ne saurais vous le dire ; et certainement, si des affaires de la dernière importance ne m'avaient retenu à Paris, j'aurais franchi la distance qui nous sépare et je serais venu m'assurer par moi-même de la cause qui vous empêchait de me donner signe de vie. Vous l'avez enfin rompu, ce silence qui m'étouffait ; vous avez mis fin à mon inquiétude, mais hélas ! maintenant que je connais la triste réalité, je me demande s'il ne me serait pas préférable d'être dans le doute qui me torturait naguère à votre sujet. Ah ! j'étais loin de songer au coup qui vient de vous frapper si cruellement ! La douleur que j'ai ressentie en apprenant la fatale nouvelle n'est pas, croyez-le bien, moins vive que la vôtre ! Et ne vous en étonnez pas : j'ai tellement souffert moi-même dans le cours mon existence que j'en suis arrivé à compatir plus vivement aux malheurs d'autrui qu'aux miens propres.

Veuillez croire,

Monsieur,

A mon affectueuse considération et à ma sincère amitié.

Lettre de condoléance sur la perte d'un procès

Mon cher ami,

Je m'attendais malheureusement à la perte de votre procès, et cependant j'en ai reçu la nouvelle avec un vif déplaisir. Vous avez cru qu'il suffisait d'avoir le bon droit pour vous, et vous avez négligé de vous occuper de votre adversaire, homme retors et madré, familier avec les mille subtilités de la chicane, qui a profité de ce que vos titres n'étaient pas en règle, de ce que vous aviez omis certaines formalités de procédure. Mais je m'arrête : toute réflexion à ce sujet est maintenant inutile. D'ailleurs, en somme, de quoi s'agit-il? De la perte de quelques milliers de francs. Ce n'est heureusement pour vous qu'une bagatelle.

Oubliez donc au plus vite ce petit incident, fâcheux, il est vrai, mais dont les suites seront sans importance; et si, à l'avenir, vous avez des difficultés avec quelqu'un, transigez, transigez toujours : le meilleur procès ne vaut jamais grand'chose.

Tout à vous.

Lettre de félicitation à un ami qui vient de se marier

Mon cher ami,

Je viens t'exprimer toute la satisfaction que m'a causée la nouvelle de ton mariage avec mademoiselle X... Il est rare de trouver union mieux assortie, et qui offre pour l'avenir plus de chances de bonheur. Ce n'est pas à moi à retracer le portrait de ton épouse, à vanter sa bonté, sa douceur, ses qualités du cœur et de l'âme : tu as pu les apprécier depuis longtemps, puisque ce mariage consacre en quelque sorte une amitié d'enfance.

Il me semble voir aussi la joie de tes dignes parents dont l'espoir le plus cher est enfin réalisé, espoir que peut-être ils caressaient déjà il y a dix ou quinze ans. Quoi qu'il en soit, veuille, je t'en prie, leur présenter l'hommage de mon profond respect ainsi qu'à ta nouvelle épouse, et laisse-moi te serrer cordialement la main.

Ton tout dévoué.

Lettre de félicitation à une nouvelle mariée

Madame,

Permettez qu'une vieille amie, une amie dévouée, vous adresse ses sincères félicitations sur l'alliance que vous venez de contracter. Liée depuis longtemps avec la famille dans laquelle vous êtes entrée, je puis vous dire en toute assurance que vous trouverez en votre mari un ami fidèle, un sage et prudent conseiller, en un mot, un guide sur lequel vous pourrez vous appuyer sans crainte. Le passé doit vous garantir l'avenir : celui qui s'est toujours montré bon fils, sera sûrement bon époux et bon père à son tour.

Soyez certaine que la route du bonheur vous est ouverte au grand large : il n'est pas jusqu'à votre amour-propre qui ne sera aussi flatté dans ce qu'il a de plus légitime, quand vous verrez celui qui vous a choisie parvenir à la position élevée que lui assurent infailliblement son talent et son caractère.

Veuillez, je vous en prie, me rappeler à son souvenir, et croire que je m'associe cordialement à votre bonheur.

Votre amie dévouée.

Lettre de félicitation sur la naissance d'un enfant

Monsieur,

Voilà donc vos vœux comblés ! Votre existence a enfin un but, et le but le plus sérieux, le plus noble qui puisse se proposer. De quels soins incessants, de quelle vigilance attentive n'allez-vous pas entourer ce petit être ? Quelle sollicitude constante ne devrez-vous pas apporter, quel zèle surhumain pour ainsi dire ne devrez-vous pas déployer, pour affermir ses pas chancelants, pour le guider, le soutenir, le former, en un mot pour arriver à en faire un homme digne de ce nom ! Mais je me trompe : son éducation sera facile ; vous n'aurez pas à aller chercher bien loin les modèles qu'il doit imiter. Il n'aura qu'à suivre l'exemple de son père, qu'à profiter des vertus de sa mère, et il sera sûr de s'attirer l'estime de tout le monde.

Ce sont là, Monsieur, les vœux les plus ardents que je forme, et je ne doute pas qu'ils ne se réalisent.

Votre tout dévoué.

Lettre pour remercier d'un service rendu

Monsieur,

Pardonnez-moi si je ne sais comment vous exprimer ma profonde gratitude pour l'important service que vous venez de me rendre. Je sais bien qu'aucun calcul, aucun intérêt ne vous a guidé dans cette affaire ; ce serait même vous faire une injure gratuite que de le supposer. Non, vous n'avez écouté que votre généreuse nature, sans vous soucier des conséquences de votre bonne action. Mais il ne m'en serait pas moins excessivement pénible de passer à vos yeux pour un ingrat; aussi, veuillez prendre en considération le regret que j'éprouve de n'avoir à mon service que des mots bien froids pour vous peindre toute l'étendue de ma reconnaissance, et croyez bien qu'à défaut d'autres qualités je possède la mémoire du cœur.

Agréez, je vous prie, les sincères remercîments de

Votre obligé qui se souviendra toujours.

Lettre de remerciement d'une personne à qui on a donné quelques marques d'intérêt dans une maladie.

Monsieur,

J'entre enfin en convalescence : maintenant ma parfaite guérison n'est plus que l'affaire de quelque temps. Les médecins m'ont assuré que dans un mois je serai tout à fait sur pied, entièrement libre d'aller vous voir. Certes je n'aurai garde d'y manquer, je m'en fais d'avance une véritable fête; mais attendre jusque là me paraît bien long, et je tiens dès aujourd'hui à vous remercier des nombreuses marques d'intérêt que vous m'avez données pendant ma maladie. Quand on est dans le malheur, il est bien doux de ne pas se sentir isolé, de recontrer des âmes charitables qui compatissent à votre affliction.

Pardonnez-moi de ne vous adresser qne ces quelques mots, ma faiblesse m'empêche de vous en dire davantage; mais croyez bien que je me souviendrai toujours avec émotion de la vive sympathie que vous avez témoignée à

Votre bien dévoué.

Lettre de remerciement à une personne qui, par sa protection, a fait obtenir une place

Monsieur,

Me voilà enfin, grâce à vous, en possession d'une

place qui, avec du travail et de la persévérance de ma part, peut me conduire à un avenir honorable. Vous pouvez être assuré que je remplirai mes fonctions de manière à me concilier l'estime et la bienveillance de mes chefs ; à défaut de mon intérêt qui m'y engage, la reconnaissance sans bornes que je vous garde en mon cœur pour la protection dont vous m'avez honoré, vous est un sûr garant de la vérité de mes paroles.

Veuillez agréer, Monsieur, avec l'hommage de mon profond respect

L'assurance de mon entier dévouement.

Lettre de recommandation pour prier quelqu'un de vouloir bien s'intéresser à une personne

Monsieur,

Je viens faire appel à votre amitié, et vous recommander chaudement le jeune A. X. que je vous envoie aujourd'hui ; il vous remettra une lettre qu'il m'a demandée tout à l'heure, prétendant qu'elle lui servirait d'introduction auprès de vous. Je suis convaincu qu'il n'en avait pas besoin, puisque vous le connaissez, mais je n'ai pas cru devoir la lui refuser, car c'est un garçon charmant, intelligent, digne à tous égards de vos bontés.

Si donc vous pouvez l'employer d'une manière quelconque, lui confier, par exemple, des travaux dans votre usine, je suis persuadé qu'il s'en acquittera à votre entière satisfaction. Dans le cas où la chose serait impossible, veuillez, je vous en prie, user en sa faveur de votre crédit et de vos relations, je vous en aurai une grande reconnaissance. En attendant, Monsieur, laissez-moi vous offrir

L'expression de mes sentiments affectueux.

Lettre pour reprocher à quelqu'un d'avoir été trop longtemps sans écrire

Mon cher ami,

Pourquoi gardes-tu le silence depuis si longtemps? Pourquoi me laisses-tu sans nouvelles pendant des mois entiers? Notre vieille amitié me défend de croire à ton indifférence; mais alors qu'est-il survenu? Es-tu surchargé de travail? as-tu été forcé de t'absenter, de faire un voyage imprévu? es-tu simplement négligent? as-tu fait dans ta famille quelque perte douloureuse? Non, car dans ce cas on avertit les gens qui ne vous sont que de simples connaissances, à plus forte raison aurais-je été prévenu moi-même. Reste donc à supposer qus tu es malade.

Tu le vois, je me mets l'esprit à la torture. Je ne veux pas te faire de reproches; je te demande seulement de prendre pitié de moi; quelle que soit la cause de ton silence, tu es pardonné d'avance, mais, pour Dieu, tire-moi d'inquiétude. Envoie-moi quelques lignes le plus tôt possible; je préfère la réalité, si triste qu'elle soit, au doute qui me tourmente.

Tout à toi de tout cœur.

Lettre pour s'excuser d'avoir été longtemps sans écrire

Monsieur,

Vous ne sauriez croire quelle difficulté j'éprouve à prendre la plume quand il s'agit de donner des assurances de mon amitié, ce dont mes amis ne peuvent douter, ou de faire des compliments, ce qui doit être aussi indifférent à la personne qui les écrit qu'à celle qui les reçoit. Ne cherchez pas d'autre raison à mon silence; au reste, mon caractère vous est connu, et vous savez que je vous dis la vérité. Mais vous savez aussi que s'il est question de rendre service, par exemple, à quelqu'un dont l'affection m'est aussi chère que la vôtre, je ne suis plus paresseuse, que rien ne me coûte, ni pas ni démarches, jusqu'à ce que j'aie réussi. D'ailleurs, si vous avez des doutes à cet égard, il est facile de les dissiper : mettez-moi à l'épreuve, c'est le plus vif désir d'une personne qui s'honore de votre bienveillance amicale, et vous prie de recevoir

L'assurance de ses sentiments affectueux.

CHAPITRE V

DEMANDES EN MARIAGE [1]

Demande à un père de se présenter chez lui pour faire la cour à sa fille

Monsieur,

Vous n'ignorez pas les liens d'amitié qui unissent si étroitement Mademoiselle votre fille à ma sœur : toutes deux n'aspirent en quelque sorte qu'au moment d'être ensemble. C'est vous dire par là même que j'ai eu souvent l'occasion de la voir, d'apprécier sa douceur, de juger de son savoir dissimulé sous une admirable modestie, en un mot, de distinguer les rares qualités dont elle est si heureusement douée. Mais ce n'est pas impunément qu'elle a répandu tant de charme et tant d'amabilité autour d'elle : je n'ai pu y demeurer insensible, et aujourd'hui mon plus vif désir serait de lui voir partager les sentiments qu'elle m'inspire.

1. Ce chapitre ne contient que ce qui a trait spécialement aux *Demandes en mariage;* quant aux *Déclarations d'amour* proprement dites, le lecteur les trouvera traitées longuement dans le *Secrétaire de l'amour* qui paraîtra incessament. (Note de l'éditeur.)

Toutefois, je puis vous assurer qu'elle n'a jamais entendu le moindre aveu sortir de ma bouche : je connais trop ce que m'imposent et l'honneur et les convenances pour ne pas solliciter d'abord votre consentement. Je n'ai rien à vous dire de ma famille, vous la connaissez; vous savez que mes moyens d'existence sont suffisants pour parer à toute éventualité, et, quant à mes mœurs, je défie que l'enquête la plus sévère ne les trouve irréprochables.

J'attends donc que vous vouliez bien me permettre de me présenter chez vous pour faire la cour à Mademoiselle Eugénie, et l'assurer que mon plus vif désir serait de lui voir accepter mon cœur et ma main.

Dans l'espoir que vous accueillerez favorablement ma demande, je vous prie d'agréer,

Monsieur,

L'hommage de mon profond respect.

Réponse affirmative à la lettre précédente

Monsieur,

Croyez bien que je n'ai pas besoin de me livrer à la moindre enquête sur votre compte : je sais depuis longtemps que vous êtes le digne fils de personnes que j'estime, et avec lesquelles il me sera doux de former de nouveaux liens d'amitié. Au reste, si j'avais jamais eu quelques doutes sur la noblesse de votre caractère, la manière dont vous venez d'agir les aurait dissipés : elle me prouve qu'à vos yeux l'honneur et la délicatesse sont des principes sévères et non pas de vains mots.

Je vous accorde donc avec empressement l'autorisation que vous me demandez, persuadé que je ne puis remettre entre de meilleures mains le sort de ma fille.

En attendant que j'aie le plaisir de vous voir,

J'ai l'honneur de vous saluer avec une parfaite considération.

Réponse négative à la même lettre

Monsieur,

Soyez persuadé que j'ai été très sensible à la délicatesse de votre procédé; mais pourtant je me vois forcé, à mon grand regret, de décliner votre honorable proposition. Ma fille est sortie depuis peu de pension, et ni sa mère ni moi ne songeons encore à l'établir; nous désirons que son jugement soit plus mûr, qu'elle ne fasse pas à la légère un acte aussi sérieux que le mariage; et probablement à cette heure serait-elle incapable de comprendre toute l'importance des devoirs qu'elle aurait à remplir.

Veuillez accepter, Monsieur,

L'assurance de ma parfaite considération.

Lettre à un père pour demander sa fille en mariage

Monsieur,

La profonde impression que j'ai éprouvée l'année dernière, quand je me suis rencontré, à la soirée de monsieur X..., avec Mademoiselle votre fille, n'a fait que grandir depuis lors; son souvenir me poursuit sans cesse, et je serais véritablement malheureux si j'étais condamné à vivre plus longtemps séparé d'elle; aussi je viens solliciter de votre bonté une grande faveur, je viens vous prier de m'accorder sa main.

Il est inutile que je vous renseigne sur ma position, vous la connaissez; vous savez que mon commerce est dans un état prospère, vous savez que ma conduite n'a jamais donné lieu à aucun reproche, que le censeur le plus austère n'y trouverait pas un sujet de blâme. C'est donc avec la certitude de faire le bonheur de Mademoiselle Eugénie que je vous prie de me confier son sort. Je n'aurai pas la présomption de vous dire que mon affection est partagée, mais je puis du moins vous assurer que mes sentiments ne lui ont pas déplu, puisqu'elle m'a permis de vous écrire.

Veuillez agréer,

Monsieur,

L'hommage de mon profond respect.

Réponse affirmative à la lettre précédente

Monsieur,

J'ai reçu avec plaisir la nouvelle de votre proposition, et je vous répondrais tout de suite affirmativement si j'avais consulté ma fille : comme elle est la plus intéressée dans cette affaire, c'est elle qui déterminera en dernier ressort. Toutefois, vous pouvez espérer, du moment qu'elle vous a permis de m'écrire : c'est une preuve qu'elle sera flattée d'une pareille demande, venant de la part d'un homme qui jouit d'une réputation honorable et de l'estime de tout le monde.

Mes affaires exigent en ce moment ma présence continuelle à la maison : c'est vous dire que vous serez sûr de m'y trouver quand il vous plaira de venir, et nous prendrons alors un arrangement définitif.

J'ai l'honneur de vous saluer avec une parfaite considération.

Réponse négative à la lettre précédente

Monsieur,

Des raisons intimes, des raisons de famille, sur lesquelles je suis actuellement obligé de garder le silence, m'empêchent d'accueillir favorablement votre proposition. Je n'ignore pas l'impression que vous avez produite sur ma fille, mais je vous sais aussi trop loyal, trop homme d'honneur, pour que vous songiez à en profiter, pour que vous cherchiez à l'entraîner dans une voie qui lui serait funeste.

C'est dans cette conviction que

J'ai l'honneur de vous saluer avec considération.

Demande en mariage d'une veuve ou d'une femme ne dépendant que d'elle-même

Madame,

Depuis les relations amicales qui se sont établies entre nous, vous avez dû deviner les sentiments nouveaux et profonds qui, insensiblement, se sont emparés de moi, et qui chaque jour m'attachent à vous davantage. En effet, comment rester insensible en voyant cette douceur, cette égalité merveilleuse de caractère? comment résister à ce charme qui émane de toute votre personne? Aujourd'hui, je sens plus que jamais combien vous êtes nécessaire à ma félicité, et je viens vous supplier de ne pas repousser l'offre que je vous fais de ma main. Vous me rendrez ainsi le plus heureux des hommes, car il me sera permis alors de réaliser mon suprême désir, celui de consacrer ma vie à votre bonheur.

J'attends avec impatience que vous prononciez sur le sort de celui qui ose se dire

Votre sincère adorateur.

Lettre d'un fils qui demande à ses parents la permission de se marier

Mon cher Père (ou Ma chère Mère),

L'année dernière, mes anciens patrons m'ont présenté à une famille chez qui je vais généralement passer, depuis lors, les soirées de mes dimanches. J'ai rencontré là une jeune personne de dix-huit ans, dont les grâces modestes et la douceur du caractère ont fait sur moi une telle impression, que je suis décidé à unir mon sort au sien, si vous voulez bien me le permettre. J'ai appris en outre qu'elle aura une dot de dix mille francs, circonstance très avantageuse qui permettrait à mon commerce de prendre une grande extension, qui ferait tout au moins doubler le chiffre de mes affaires.

Si vous m'autorisez à conclure ce mariage, je vous prierai de m'envoyer non seulement votre consentement, qui doit être sur papier timbré et légalisé par le maire de notre commune, mais encore mon acte de naissance et un certificat constatant ma libération du service militaire.

Veuillez agréer, mon cher Père, l'assurance de ma respectueuse affection.

Lettre pour informer les parents qu'en cas de refus de leur part de donner leur consentement, on fera les sommations respectueuses

Mes chers Parents,

Je crois avoir fait mon devoir, avoir agi en fils respectueux quand je vous ai fait part du dessein que j'avais formé d'épouser mademoiselle X...

Puis-je vous demander pourquoi vous gardez le silence, malgré les lettres déjà nombreuses que je vous ai envoyées à ce sujet? Est-il vrai que ce mariage vous déplaise parce que la jeune fille n'a pas de fortune? Mais je suis jeune, courageux, et avec une compagne qui a été élevée dans des habitudes d'ordre et d'économie, je ne puis manquer de réussir dans le commerce que j'ai entrepris.

Je vous supplie encore une fois, mes chers Parents, de m'accorder votre consentement, de céder à mes instances, de revenir de vos injustes préventions, sinon vous me mettriez dans la dure nécessité de recourir aux moyens que la loi met à ma disposition.

Dans l'espoir que vous exaucerez ma prière, daignez agréer mes sentiments de respectueuse affection.

Lettre de rupture

Monsieur,

Quand je vous ai accordé l'autorisation de venir librement à la maison, j'espérais que ma fille, appréciant vos qualités à mesure qu'elle vous connaîtrait davantage, serait heureuse un jour d'unir son sort au vôtre. Il n'en est malheureusement rien; elle manifeste une antipathie croissante pour le mariage, ce qui me force, bien à regret, d'abandonner le dessein que j'avais formé de vous avoir pour gendre. Je viens donc vous prier de suspendre vos visites, qui désormais seraient pénibles pour tout le monde, pour vous comme pour nous.

Croyez bien que je m'associe d'avance à la peine que va vous causer cette lettre, et veuillez agréer mes salutations amicales.

Réponse à la lettre précédente

Monsieur,

Déjà depuis quelque temps je ne pouvais m'empêcher de voir que Mademoiselle votre fille accueillait mes assiduités avec froideur, et cependant je cherchais à me bercer d'illusions, ne voulant pas envisager le moment cruel où il me faudrait arriver à une rupture définitive.

Ce moment est venu, vous me l'avez signifié, vous m'avez enlevé toute espérance... Eh bien, non ! j'espère encore : peut-être le temps modifiera-t-il l'opinion de Mademoiselle votre fille, peut-être la fera-t-il revenir de préventions mal fondées. Si jamais ce bonheur arrive, croyez que je retournerai chez vous avec le plus grand empressement pour lui offrir de nouveau mon cœur et ma main.

En attendant, je vous remercie bien vivement de votre sympathie, et vous prie d'agréer

L'assurance de mon profond respect

CHAPITRE VI

LETTRES D'AFFAIRES. — LETTRES DIVERSES

A un entrepreneur pour le charger d'un travail

Paris, 12 août 188..

M. Charles X., à Paris,

Je viens vous prier de passer le plus tôt possible, rue Montmartre, 26, ou d'y envoyer un de vos ouvriers, à l'effet de réparer le toit de notre petite cour qui est dans un état complet de dégradation.

Je compte sur votre prompte obligeance, et ai bien l'honneur de vous saluer.

A un entrepreneur qui met trop de lenteur dans les travaux

Paris, 28 novembre 188..

Monsieur B., à Paris.

Il y a trois semaines vous deviez venir faire dans ma cave un travail de maçonnerie dont vous aviez reconnu l'urgence. Depuis lors je ne vous vois plus, je n'entends plus parler de vous. Pourquoi cette lenteur que vous apportez dans l'exécution de nos conventions? Les dernières pluies ont inondé ma cave, et m'ont causé par là des dommages considérables : voilà l'effet de votre négligence. Si vous n'envoyez pas vos ouvriers aujourd'hui, j'aurai recours à un autre entrepreneur.

J'ai l'honneur de vous saluer.

A un entrepreneur dont les ouvriers ont commis des dégâts pendant l'absence du propriétaire

Tonnerre, 14 février 188..

Monsieur C., à Paris.

Je reçois à l'instant même plusieurs lettres par lesquelles mes locataires m'annoncent que vos ouvriers ont commis de nombreux dégâts : le grand escalier a été entièrement dégradé, et le plafond du salon est complètement à refaire. Je ne comprends pas que vous envoyiez vos ouvriers travailler à leur guise, sans surveillance, libres d'agir à l'aventure. Jusqu'alors j'avais toujours reconnu en vous une grande prudence : je regrette vivement que vous vous en soyez départi.

Veuillez, au reçu de ma lettre, faire suspendre jusqu'à mon retour toute espèce de travail, et veillez surtout à ce qu'il ne se commette pas de nouvelles dégradations.

J'attends une réponse à ces quelques lignes, une lettre courrier par courrier pour me tirer d'inquiétude.

J'ai bien l'honneur de vous saluer.

A un entrepreneur qui demande le payement de son mémoire

Paris, 15 mars 188..

Monsieur Bodet, à Paris.

J'ai vu hier M. Rendu, mon architecte, et il m'a appris, à mon grand étonnement, qne vous ne lui avez pas encore envoyé votre dernier mémoire. Vous devez bien savoir depuis longtemps que dans ces conditions il ne m'est pas possible de régler avec vous : je ne fais et ne ferai rien sans l'avis de M. Rendu : lui seul a qualité pour apprécier votre mémoire et en estimer les chiffres à leur juste valeur. Voyez-le donc d'abord, entendez-vous avec lui, et passez ensuite à ma caisse quand il vous plaira ; elle est ouverte tous les jours de 9 h. à 2 h.

J'ai l'honneur de vous saluer,

Ranchet.

Réponse

Paris, 31 mars 188..

A Monsieur Ranchet, propriétaire à Paris.

Monsieur,

Malgré mon vif désir de conciliation, je dois vous prévenir qu'il m'est tout à fait impossible d'accepter les réductions exorbitantes que voudrait me faire subir votre architecte. J'ai établi mon mémoire avec le plus grand soin, j'ai apporté la plus grande modération dans mes prix, et cependant M Rendu me propose, pour solde de tout compte, 840 fr. 50 au lieu de 1160 fr. 80, soit une diminution de 320 fr. 30. Toutefois, comme je n'aime pas les procès, que j'ai horreur de tout ce qui, de près ou de loin, ressemble à la chicane, je viens vous proposer de transiger : la moitié de la différence existant entre mon mémoire et celui qu'a établi M. Rendu est 160 fr. 15 ; si vous voulez ajouter cette somme à celle de 840 fr. 50, je me déclarerai satisfait.

J'ose espérer, Monsieur, que vous voudrez bien honorer d'une prompte réponse

Votre dévoué serviteur,

Bodet.

Pour répondre à des insinuations malveillantes répandues sur une maison par un ancien employé

Monsieur,

Depuis quelque temps je suis informé de divers côtés que le sieur X. ne néglige aucune occasion de me nuire : calomnies, insinuations mensongères, il met tout en œuvre auprès de personnes qui m'honorent de leur confiance, pour les détacher de moi, pour leur inspirer des soupçons qui, je le dis bien haut, ne reposent sur aucun fondement.

Il y a six mois environ que cet employé ne fait plus partie de ma maison, non par des motifs qui touchent son honorabilité, mais par simple mesure d'organisation intérieure.

Quoi qu'il en soit, sa conduite, pour être méprisable, n'en est pas moins indigne, et à ce titre exige que je prenne certaines précautions : aussi je crois devoir porter à votre connaissance qu'à partir d'aujourd'hui je cesse toute relation avec lui, et lui interdis désormais l'entrée de ma maison.

Veuillez agréer, Monsieur,

L'assurance de ma considération très distinguée.

Demande d'un délai à un propriétaire pour le payement d'un terme de loyer

Monsieur,

Le terme est échu depuis hier, et c'est la première fois que je suis dans l'impossibilité de le payer; mais c'est qu'aussi le malheur est tombé sur moi de toutes parts : un de mes enfants, vous le savez, est mort après une longue maladie, ma femme vient de prendre le lit à son tour, et la morte-saison va encore durer un mois. Si vous vouliez consentir à m'accorder un délai jusqu'à ce moment, la reprise du travail me permettrait facilement de m'acquitter envers vous.

Dans l'espoir d'une réponse favorable,

J'ai l'honneur de vous saluer avec une parfaite considération.

Lettre à un propriétaire pour lui demander une prolongation de bail

Monsieur,

Comme le bail des lieux que j'occupe va expirer dans quelque temps, je viens vous demander de vouloir bien me faire connaître vos intentions au sujet de la prolongation que je viens vous demander.

J'ose espérer que vous m'accorderez un renouvellement de même durée et aux mêmes conditions que par le passé. Nous avons toujours eu d'excellentes relations, et j'aime à croire que vous ne voudrez pas les briser.

Si cependant votre intention était d'agir contre mon attente, je vous serais obligé de m'avertir le plus tôt possible pour que j'aie le temps de choisir un local convenable.

J'ai l'honneur de vous saluer avec une parfaite considération.

Lettre à un propriétaire pour lui demander des réparations

Monsieur,

Vous m'avez fait savoir que vous renouvelleriez mon bail aux mêmes clauses que précédemment, et je suis tout disposé à y adhérer, mais sous certaines conditions, qui d'ailleurs sont trop justes pour que vous songiez un seul instant à me les refuser.

Ces conditions ne sont autres que des réparations à faire dans différentes parties de votre immeuble : la cheminée du salon fume, les fenêtres de la salle à manger dont le bois a travaillé, ferment mal, et, en général, les papiers de tenture ont besoin d'être renouvelés, les plafonds d'être blanchis, les portes et fenêtres d'être peintes.

J'ai apporté tous mes soins à conserver la maison en bon état, mais aucune réparation n'y a été faite depuis douze ans, et il est impossible que dans un tel espace de temps il ne se produise pas des dégradations, des détériorations de diverse nature.

Je suis persuadé que vous voudrez bien m'accorder ce que je vous demande comme condition de renouvellement de bail, et, en attendant votre réponse, je vous prie d'agréer

L'assurance de ma parfaite considération.

Lettre à un homme de loi, ou à un avoué pour le charger d'une affaire

Monsieur,

Je viens d'apprendre par le plus grand des hasards qu'il y a dix ans j'ai été frustré d'une somme importante dépendant de la succession d'un de mes parents.

Voulez-vous vous charger de poursuivre les héritiers? L'excellente réputation dont vous jouissez, l'éloge unanime que l'on fait de vos capacités, tout m'est un sûr garant que vous mènerez l'affaire à bien. Vous n'aurez qu'à me dire les pièces que je dois vous envoyer, la forme que je dois donner à la procuration qui vous sera nécessaire, et la somme qu'il faudra pour couvrir les premiers frais.

Veuillez accepter, Monsieur,
L'assurance de ma parfaite considération.

Lettre à un maire pour avoir un acte de naissance

Monsieur le Maire,

Je viens vous prier de vouloir bien me faire délivrer une expédition de l'acte de naissance de Louis-Eugène Gallot, né à Mâcon, le 15 mai 1864, et inscrit le lendemain sur les registres de l'état civil de votre commune.

Ci-joint un mandat sur poste pour le coût de cette expédition.

Veuillez agréer, Monsieur le Maire,
L'assurance de ma considération très distinguée.

Lettre à un sous-préfet pour demander des renseignements

A Monsieur le Sous-Préfet de l'arrondissement d'Autun

Monsieur le Sous-Préfet,

Le nommé Jacques Vincent Thenlot, natif de la Tagnière, commune de votre arrondissement, a longtemps habité Autun, où il exerçait le métier de charpentier. C'est un homme qui doit avoir aujourd'hui une cinquantaine d'années; signes particuliers : au moral, caractère très doux ; au physique, voix excessivement voilée. Des personnes qui s'intéressent à lui, désirent savoir ce qu'il est devenu, quelle est sa position, quel est le lieu de son domicile actuel. Je vous serais extrêmement obligé de faire faire quelques recherches à ce sujet, et de m'en transmettre le résultat.

Veuillez agréer,

Monsieur le Sous-Préfet,

Mes sentiments de respectueuse considération.

CHAPITRE VII

LETTRES DE COMMERCE

Pour faire des offres de service

Nice, le 15 mars 188..

Monsieur R..., à Bordeaux,

Dernièrement, ayant acquis un terrain d'une superficie de cinq hectares, tout planté d'oliviers, j'ai pu donner une plus grande extension à la fabrication de l'huile, qui a lieu dans mes usines, et je me trouve aujourd'hui en mesure de répondre aux nombreuses demandes qui me parviennent de tous côtés.

Comme je sais que votre maison de commission a des relations considérables, tant en France qu'à l'étranger, je viens vous faire mes offres de service, et vous expédie en même temps un tableau détaillé, indiquant le chiffre de la commission attribué selon les diverses quantités et qualités d'huile placées.

Dans l'espoir que vous accueillerez favorablement ma demande,

J'ai l'honneur de vous présenter mes salutations empressées,

B...

Monsieur B..., fabricant d'huile, rue ..., à Nice.

Pour accepter des offres de service. — Réponse

Bordeaux, 13 avril 188..

Monsieur B..., à Nice,

Nous avons reçu en temps et lieu votre lettre du mois dernier, et avons immédiatement pris note de votre signature, afin de pouvoir, le cas échéant, utiliser vos offres de service.

Croyez que nous serons très heureux de lier ensemble des relations d'affaires; notre place offre d'immenses débouchés pour les produits de votre contrée, et surtout pour ces huiles de Nice, si vivement appréciées en France et à l'étranger. Aussi le cours en est-il généralement élevé; il est actuellement de ..., et je crois pouvoir vous assurer que dans peu de temps je vous en placerai une trentaine de tonnes à ce chiffre-là. C'est un prix, ce me semble, avantageux, d'autant plus que vos frais seraient minimes, comme vous pourrez vous en convaincre par le compte détaillé que je vous envoie.

Si vous jugez ma proposition une occasion favorable à notre entrée en relations, j'en serai charmé, et je ne négligerai rien dans l'avenir pour les consolider.

J'ai bien l'honneur de vous saluer,

R...

Monsieur R..., commissionnaire, rue ..., 24, à Bordeaux

Fondation d'une maison de commission pour l'horlogerie

Paris, le 17 août 188..

Monsieur,

J'ai l'honneur de vous faire savoir que je viens de fonder, rue des Écoles, 15, une maison de commission, qui contient déjà en dépôt tout ce que les horlogeries française, suisse et américaine ont de plus varié.

Pendant plus de quinze ans j'ai étudié, dans tous ses détails, cette fabrication si compliquée, et c'est seulement aujourd'hui que je suis sûr de ne jamais mécontenter le public, de toujours le satisfaire, quelles que soient ses exigences.

Je viens donc, plein de confiance, vous faire mes offres de service ; je vous envoie en même temps un catalogue complet des différents objets que tient ma maison, et je suis persuadé que vous serez étonné de la modicité des prix de chaque article, garanti, pour le moins, pendant deux ans.

Enfin, je dois vous dire que je me suis attaché un nombre d'employés suffisant pour répondre dans le plus bref délai possible à toutes les demandes des clients.

Dans l'espoir que vous voudrez bien m'honorer de votre confiance,

J'ai l'honneur de vous adresser mes salutations empressées,

Ch. D...

Monsieur Ch. D..., maison de commission pour l'horlogerie, rue des Écoles, 15, Paris.

Un patron, qui a cédé sa maison à son commis le recommande à ses correspondants

Paris, 26 mars 188..

Monsieur et honorable commettant,

La diminution graduelle de mes forces, l'affaiblissement de la vue et de la mémoire, en un mot, l'affaissement qui s'est produit dans ma santé depuis six mois, tout m'a fait une loi de renoncer à mes affaires, de briser, à mon grand regret, les relations si agréables que nous entretenions ensemble depuis plus d'un quart de siècle.

Dans quinze jours, le 10 avril prochain, je cède ma maison à mon premier commis, M. Dulac; l'année dernière, je l'ai choisi pour gendre; c'est vous dire que je le crois capable de me succéder, et que je juge inutile de vous faire son éloge pour vous engager à entretenir avec lui les relations que vous entreteniez avec moi.

Veuillez être assuré, Monsieur, que je suis

Votre bien dévoué serviteur,

M...

Monsieur A. M..., rue de l'Odéon, 18, Paris.

Le successeur d'un négociant annonce aux correspondants de la maison qu'il prend la suite des affaires.

(Conséquence de la lettre précédente)

Paris, 27 mars 188...

Monsieur,

J'ai l'honneur de vous aviser par la présente qu'à partir du 10 avril prochain je prends seul, et pour mon compte personnel, la suite des affaires de mon beau-père, M. Mérat, obligé d'y renoncer tout à fait par raison de santé.

Employé depuis douze ans dans la maison, intéressé depuis cinq ans, et chargé exclusivement du soin des achats, j'ose croire que ce sont là des raisons qui vous donneront confiance en moi, surtout quand vous verrez que la retraite de M. Mérat, — regrettable pour ses amis en raison des faits qui la motivent, — n'aura apporté aucun changement dans nos relations.

Dans l'espoir que ces bonnes relations ne seront pas interrompues,

J'ai l'honneur d'être,

Monsieur,

Votre tout dévoué serviteur

Dulac.

Monsieur Dulac, 18, rue de l'Odéon, Paris.

Un commis offre ses services

Brest, 8 octobre 188...

A Messieurs Ferrari et Cie, à Marseille.

Messieurs,

J'ai appris dernièrement que vous demandiez un employé pour tenir chez vous la correspondance en italien et en espagnol.

Si l'emploi est encore vacant, j'oserai le solliciter de votre bonté : je crois que je le remplirai à votre satisfaction, car je possède bien les deux langues étrangères dont vous exigez la connaissance. Au reste, la maison Maurello, de votre ville, a accepté mes services pendant plusieurs années, et elle peut vous donner sur moi tous les renseignements que vous désirerez.

Dans l'espoir que vous voudrez bien accorder ma demande,

Je suis avec respect,

Messieurs,

Votre très humble et très obéissant serviteur,

L. D...

56, rue de ...

Marseille, 17 octobre 188...

Réponse

Monsieur,

L'emploi de commis, dont vous nous parlez dans votre lettre du 8 courant, ne sera vacant qu à partir du 1er décembre prochain. Les appointements dont nous pouvons disposer pour cette place sont de 2400 francs au début, et si la personne répond complètement à nos désirs, nous élèverons successivement ce chiffre à 2800, 3200 et 3600 francs.

Veuillez nous faire savoir le plus tôt possible si vous acceptez nos propositions, auquel cas nous prendrons tout de suite des informations sur vous chez M. Maurello, de qui vous vous recommandez.

Agréez, Monsieur, nos salutations distinguées.

Ferrari et Cie.

Ordre d'acheter ou demande de marchandises

New-York, 15 juin 188...

A Monsieur Sarlet, fabricant de soieries à Lyon.

Monsieur,

J'ai reçu le mois dernier les différents échantillons que vous m'avez expédiés, et c'est aujourd'hui seulement que j'ai arrêté mon choix; aussi je vous prierai de m'adresser, au reçu de la présente, les quantités de soieries dont le détail suit :

3000 mètres taffetas, moire antique;
1000 » reps, bleu-de-ciel;
1000 » poult de soie noir;
500 » gros de Naples noir;
500 » satin blanc moiré;
300 » velours uni noir.

Je vous envoie aussi les numéros des échantillons qui ont déterminé mes différentes demandes, afin que vous ne fassiez pas erreur dans la nature des étoffes que je désire. Comme elles sont destinées à faire une longue traversée, je vous prierai de soigner spécialement l'emballage. Quant au mode de payement, je vous autorise à tirer sur ma maison, de trois mois en trois mois, chaque fois pour le quart de la somme totale.

Veuillez agréer mes cordiales salutations,

E. D.

Pour annoncer une suspension de payements

Paris, le 6 juillet 188...

Monsieur,

Quoique ayant éprouvé plusieurs pertes importantes depuis quelques mois, je comptais, à force de courage et d'efforts, faire face à la situation difficile qui m'était créée; mais une nouvelle perte, plus considérable que les précédentes, vient de me frapper ces

jours-ci, et me met dans l'impossibilité de continuer mon commerce : je suis forcé de déposer mon bilan.

Il pourra être dressé exactement dans le courant de la semaine, et je vous convoquerai alors, ainsi que mes autres créanciers, afin de vous le soumettre, et de vous faire connaître les ressources sur lesquelles je compte pour faire honneur à mes engagements.

Vous verrez que mes embarras sont dus à des événements qu'il m'était impossible de prévoir, que je me suis trouvé en présence d'un cas de force majeure, et que, si vous voulez bien m'accorder des délais raisonnables, je pourrai tirer parti de valeurs, sérieuses sans aucun doute, mais auxquelles la politique extérieure fait subir aujourd'hui une dépréciation momentanée.

Je suis avec respect,

Monsieur,

Votre très obligé serviteur.

Refus d'acceptation de la marchandise

Paris, le 23 décembre 188...

Monsieur,

Le chemin de fer a apporté aujourd'hui à mon adresse des oranges et des dattes que je vous avais demandées dernièrement; mais, à l'ouverture de la première caisse, j'ai constaté avec étonnement et regret que les fruits étaient tout à fait avariés, et que, par conséquent, il était de toute impossibilité d'en tirer le moindre parti.

Le président du tribunal de commerce, avisé par requête, commit aussitôt deux négociants notables pour vérifier la qualité des marchandises, qui, après examen minutieux, furent déclarées impropres à tout usage.

Ci-joint copie du procès-verbal qui a été dressé, et prière de me dire ce que je dois faire des caisses que je garde provisoirement pour votre compte. Quant au port de votre envoi, que j'ai payé et dont je vous demande le remboursement, il est de 36 fr. 40.

J'ai l'honneur de vous saluer.

Envoi d'un compte courant

Lyon, 3 mars 188...

Monsieur,

Comme, à la fin de l'année, nous arrêtons tous nos comptes, vous ne serez pas étonné, je pense, de recevoir sous ce pli l'extrait de votre compte courant chez nous, arrêté au 31 décembre dernier. Veuillez l'examiner avec soin, et voir s'il n'y a pas d'erreur dans le solde de 234 francs qu'il présente en notre faveur, et que nous avons porté à nouveau à votre débit.

Agréez, je vous prie, nos salutations empressées.

M. et Cie.

CHAPITRE VIII

ACTES SOUS SEING PRIVÉ LES PLUS USUELS

I. OBSERVATIONS SUR LES ACTES SOUS SEING PRIVÉ

On donne le nom d'*acte sous seing privé*, à tout acte souscrit sans l'intervention d'un officier public, et seulement sous la signature des parties.

Tous les actes et contrats peuvent être rédigés sous seing privé, sauf :

1° Les contrats de mariage;

2° Les constitutions d'hypothèques et les mainlevées d'inscriptions hypothécaires ;

3° Les donations entre-vifs ;

4° Les testaments mystiques et publics;

5° Les cessions de brevets d'invention.

Quant à la rédaction des actes sous seing privé, elle n'est assujettie à aucune forme spéciale ; cependant font exception:

1° Les actes synallagmatiques, c'est-à-dire contenant des conventions qui obligent plusieurs personnes les unes envers les autres (vente, bail, etc.).

Ces actes, pour être valables, doivent être faits en autant d'originaux qu'il y a de parties ayant un intérêt distinct.

2° Les testaments olographes. Ils doivent être, à peine de nullité, écrits, signés et datés de la main du testateur ;

3° Le billet — ou la promesse — par lequel une seule partie s'engage à payer à l'autre une somme d'argent ou une chose appréciable. Cet acte doit être écrit entièrement de la main du souscripteur, ou tout au moins la signature doit être surmontée d'un *bon* ou *approuvé, portant en toutes lettres la somme ou la quantité de la chose fournie*, excepté dans certains cas prévus par l'article 1326 du Code civil ;

4° La date est formellement prescrite dans les effets de commerce, les contrats d'assurances et les testaments olographes.

II. DES BILLETS ET DE LA LETTRE DE CHANGE

§ 1. Du billet simple

Le billet simple est celui qui indique seulement le nom du créancier envers qui le débiteur s'oblige. Il n'est pas transmissible à un tiers par voie d'endossement, et l'action qui résulte de ce genre de billet ne se prescrit que par trente ans.

Modèle de billet simple

Je soussigné, René-Claude David, m'engage à payer à M. Eviat François, le 15 mai 1885, la somme de huit cent trente francs qu'il m'a prêtée, sans aucune stipulation d'intérêts de sa part.

Paris, le dix-huit janvier mil huit cent quatre-vingt-quatre.

(Si le billet est écrit d'une main étrangère, c'est à cet endroit qu'il faudra mettre : Bon pour huit cent trente francs).

DAVIS.

§ 2. Du billet à ordre

On appelle billet à ordre celui par lequel le souscripteur promet à une personne de payer une somme, à elle ou *à son ordre*, c'est-à-dire à celui qui sera devenu cessionnaire de ses droits au moyen d'un endossement.

L'endossement n'est autre chose que l'ordre écrit au dos d'un effet négociable, par lequel on donne à quelqu'un le droit d'en exiger le payement ; il doit être daté, exprimer la valeur fournie et énoncer le nom de celui à qui l'ordre est passé.

Tous ceux qui ont signé ou endossé un billet à ordre sont solidairement garants envers le porteur.

Le billet à ordre doit indiquer en quoi la valeur a été fournie, et il peut être souscrit payable à vue ou à une époque déterminée.

Quand le souscripteur refuse de payer un billet à ordre, le porteur fait constater ce refus par un acte appelé *protêt*, qui doit être fait le lendemain de l'échéance. Alors il a un recours contre les endosseurs, à condition de l'exercer dans la quinzaine.

L'action relative au billet à ordre est prescrite par cinq ans s'il a été souscrit par un commerçant, sinon la prescription n'est acquise qu'au bout de trente ans.

Modèle d'un billet à ordre

Au 8 mai prochain, je payerai à M. Darrican ou à son ordre, la somme de quatre cents francs, valeur reçue en marchandises.

Bon pour quatre cents francs.

Paris, le quinze octobre mil huit cent quatre-vingt-trois.

ALLARD,
rue de Tournon, 36.

Modèle d'endossement d'un billet à ordre

Payez à l'ordre de M. Deschamps, valeur reçue en espèces.

Paris, le trois novembre mil huit cent quatre-vingt trois.

DARRICAN.

§ 3. De la lettre de change

La *lettre de change* est un acte rédigé dans certaines formes déterminées par la loi, par lequel une personne appelée *tireur,* moyennant une valeur reçue, mande à une autre personne (*tiré*), de payer dans un lieu indiqué une somme déterminée à celui qui est désigné dans cet acte (*preneur ou bénéficiaire*), ou à celui qui exercera ses droits (*porteur*).

On appelle *acceptation* de la lettre de change la déclaration par laquelle le *tiré* contracte l'engagement de la payer.

Le refus d'acceptation est constaté par un acte appelé *protêt faute d'acceptation.*

Les principales dispositions sur le billet à ordre sont applicables à la lettre de change, soit en ce qui concerne la garantie solidaire du tireur et des endosseurs, soit en ce qui concerne le délai dans lequel le porteur d'une lettre de change protestée faute de payement, peut exercer son action en garantie.

Modèle de lettre de change

Bon pour 600 francs.

Paris, 4 mars 1883.

Au 28 août prochain, il vous plaira payer à M. Jules Petit, négociant à Paris, ou à son ordre, la somme de six cents francs, valeur reçue en marchandises, laquelle somme vous passerez à mon compte, sans autre avis de

Votre dévoué serviteur,
Gustave BART.

A Monsieur Pierre Legrand, banquier à Lyon, rue Saint-Dominique, 4.

L'acceptation se mettra sur la lettre de change dans la forme suivante :

Accepté pour la somme de six cents francs.
Pierre LEGRAND.

Modèle d'endossement

Payez à l'ordre de M. Baptiste Dutrat, négociant à Marseille, valeur reçue en compte.

Jules PETIT.

Paris, 25 avril 1883.

Le dernier porteur qui reçoit le montant de la lettre de change, met à la fin du dernier endossement, POUR ACQUIT, et signe.

III. DU TESTAMENT OLOGRAPHE

Nous avons déjà dit que le testament olographe doit être, à peine de nullité, écrit tout entier, daté et signé de la main du testateur. Il n'est assujetti à aucune autre forme, et peut être valablement fait par lettre, écrit sur papier timbré ou sur papier libre ; mais, dans ce dernier cas, le légataire devra payer l'amende pour défaut de timbre.

Modèle de testament olographe

Je soussigné, Alfred Darlot, propriétaire à Villejuif, étant sain de corps et d'esprit, et agissant avec entière liberté et pleine connaissance de cause, déclare faire comme il suit, mes dispositions de dernière volonté.

Voulant prouver à mon neveu Jean Darlot l'affection que je lui porte, je lui donne et lègue la totalité des biens, meubles et immeubles, que je laisserai à mon décès, à charge par lui de payer 1500 fr. au sieur X.., mon fidèle domestique.

Je révoque tous autres testaments et dispositions antérieures faites à cause de mort.

Écrit en entier, daté et signé de ma main, à Villejuif, le cinq mars mil huit cent quatre-vingt trois.

Alfred Darlot.

IV. DE LA VENTE

L'article 1582 du Code civil dit que la vente est une convention par laquelle l'un s'oblige à livrer une chose, et l'autre à la payer. Elle peut être faite par acte authentique ou sous seing privé.

Modèle de vente de meubles

Entre nous, soussignés,

M. Jean-Louis Dureau, marchand de meubles, rue du Temple, 34, à Paris,

Et M. Paul Darsis, horloger, rue Saint-Denis, 28,

A été faite la convention suivante :

M. Dureau vend à M. Darsis les meubles dont la désignation suit : 1° (faire connaître en détail les meubles vendus),

2°

lesquels meubles ont été livrés à M. Darsis pour une somme de , payée comptant, dont quittance.

Fait double à Paris, le 16 juin mil huit cent quatre-vingt trois.

DUREAU. DARSIS.

(Si les objets n'étaient pas payés au comptant, la dernière ligne de l'acte, après les mots : *pour une somme de* , devrait être modifiée ainsi) :

laquelle somme M. Darsis s'engage à payer dans le

délai de six mois, à partir de ce jour : *ou bien*, lesquels meubles M. Darsis s'engage à faire enlever à ses frais, dans le délai de trois semaines, moyennant la somme de , payable avant l'enlèvement des meubles, etc.

Observation.—S'il s'agissait d'une vente d'immeubles, il faudrait établir la nature de l'immeuble, sa contenance et sa situation ; de plus, le vendeur indiquerait ses titres de propriété (acquisition, échange ou héritage). Quant au droit d'enregistrement qui n'est que de 2 p. 100 dans les ventes de meubles, il est de 5,50 p. 100 dans les ventes d'immeubles, — décime non compris.

V. DE L'ÉCHANGE

L'échange est un contrat par lequel les deux parties se donnent respectivement une chose pour une autre (Code civil, art 1709).

Échange d'objets mobiliers

Entre les soussignés,

M. Jules Desroy, cultivateur à .....

Et M. Désiré Bravet, propriétaire à . ...

Il a été dit et convenu ce qui suit :

M. Jules Desroy cède à titre d'échange à M. Désiré

Bravet, acceptant, une jument bai-brun âgée de cinq ans.

Et M. Désiré Bravet, cède, à titre de contre-échange, à M. Jules Desroy, acceptant, une jument à poil noir, âgée de six ans.

Le présent échange est fait sans soulte ni retour (ou moyennant une somme de , payée comptant par M. Jules Desroy, dont quittance).

Fait double à , le

Jules Desroy. Désiré Bravet.

Observation. — S'il s'agit d'un échange d'immeubles, la rédaction de l'acte précédent pourra servir, mais, de plus, on devra mentionner que les échangistes auront à remplir, dans le délai de , les formalités de la transcription et de la purge des hypothèques. Dans un acte de vente d'immeubles, au contraire, ces formalités sont laissées au bon plaisir de l'acheteur.

VI. DU BAIL

Le bail ou louage des choses est un contrat par lequel l'une des parties s'oblige à faire jouir l'autre d'une chose pendant un certain temps et moyennant un certain prix que celui-ci s'oblige à lui payer. (Code civil, art. 1709).

La partie qui s'oblige à faire jouir est généralement appelée *bailleur*, et l'autre, *preneur*.

Modèle de bail d'une maison

Entre nous soussignés,

Robert Delval, demeurant à Issy, Grande-Rue, 8.

Et Charles Bellamy, marchand d'antiquités, demeurant à Paris, rue Dauphine, 12,

A été faite la convention suivante :

M. Robert Delval donne à loyer à M. Charles Bellamy, acceptant, pour une période de trois, six ou neuf ans consécutifs, au choix des parties, après avertissement préalable et mutuel de trois mois, une maison sise à Paris, rue Guénégaud, 24, consistant en... (désigner la maison en détail), laquelle maison le preneur déclare suffisamment connaître.

M. Ch. Bellamy entrera en jouissance à partir du premier juillet prochain ; le bail est fait moyennant le somme annuelle de quatre mille francs, payables par le preneur en quatre parties égales, de trois mois en trois mois, jusqu'à expiration du présent acte. M. R. Delval reconnaît que le preneur lui a versé une somme de deux mille francs, pour six mois d'avance imputables sur le dernier semestre de jouissance dudit bail.

Le preneur s'engage : 1° à garnir la maison de meubles suffisants pour garantie du loyer; 2° à rendre la maison en bon état de réparations locatives; 3° à payer les contributions personnelles et mobilières, et celles des portes et fenêtres; 4° enfin, à ne faire aucun percement de mur, changement ou distribution nouvelle, sans le consentement exprès et par écrit du propriétaire.

Il faudra également au preneur le consentement exprès et par écrit du propriétaire, pour qu'il puisse céder son droit au présent bail, ou sous-louer en tout ou en partie.

Fait double à Paris, le 4 février mil huit cent quatre-vingt-trois.

ROBERT DELVAL. Ch. BELLAMY.

VII. DU MANDAT

Le mandat est un contrat par lequel une personne (*mandant*) donne le pouvoir de faire quelque chose pour elle à une autre personne qui l'accepte (*mandataire*). — Le mandat s'appelle aussi *procuration*.

La procuration est de deux sortes : spéciale et pour une affaire ou certaines affaires seulement, ou générale et pour toutes les affaires du mandant. Cette dernière catégorie de procuration étant assez rare, nous allons donner un modèle de procuration de la première sorte.

Modèle de procuration pour toucher une somme due

Je soussigné, Félix Vidal, sculpteur, demeurant à Paris, rue de Vaugirard, 15, donne, par les présentes, pouvoir à M. Jean Sabatier, de recevoir pour moi du sieur X. ., la somme de deux mille francs qu'il me doit pour une statue que je lui ai livrée l'année dernière, d'en donner reçu et quittance valable, et, en cas de non-payement, user de toute la rigueur des moyens que la loi met à la disposition du créancier.

Félix Vidal.

Paris, douze février mil huit cent quatre-vingt-trois.

CHAPITRE IX

CHOIX DE LETTRES DE NOS ÉCRIVAINS LES PLUS CÉLÈBRES

Pascal à la reine Christine en lui dédiant l'un de ses ouvrages

Madame,

Je sais que Votre Majesté est aussi éclairée et savante que puissante et magnanime. Voilà la raison qui m'a déterminé à m'adresser plutôt à Votre Majesté qu'à tout autre prince. J'ai une vénération bien plus grande pour les personnes d'un mérite sublime, que pour celles qui n'ont que des titres pompeux, un nom célèbre, des aïeux illustres et une fortune brillante. Les premiers sont les vrais souverains de la terre. Il me semble que le pouvoir des rois sur leurs sujets n'est qu'une image imparfaite et grossière du pouvoir de l'esprit fort sur les esprits faibles. Le droit de persuader et d'instruire est, parmi les philosophes, ce que le droit de commander est dans le gouvernement politique. Quelque puissant, quelque redoutable que soit un monarque, tout manque à sa gloire s'il n'a pas l'esprit éminent. Un citoyen obscur, sans biens, qui fait de sa vertu tout son appui est au-dessus du conquérant du monde. Régnez donc, incomparable princesse, puisque votre génie est supérieur à votre rang, régnez sur l'univers : il est votre domaine; les savants et les gens de bien sont vos sujets. Que les souverains apprennent avec admiration que la fille de Gustave est l'âme des savants et le modèle des rois.

Madame de Sévigné à Madame de Grignan sa fille

J'ai entrepris aujourd'hui de vous écrire la plus petite lettre du monde; nous verrons. Ce qui rend celle de mercredi un peu infinie, c'est que je reçois le lundi une de vos lettres; j'y fais un commencement de réponse à la chaude; le mardi, s'il y a quelque affaire ou quelque nouvelle, je reprends ma lettre, et je vous mande ce que j'en sais; le mercredi je reçois encore une lettre de vous : j'y fais réponse et je finis par là : vous voyez bien que cela compose un volume : quelquefois même il arrive une singulière chose, c'est qu'oubliant ce que je vous ai mandé au commencement de ma lettre, j'y reviens encore à la fin, parce que je ne relis ma lettre qu'après qu'elle est faite; et quand je m'aperçois de ces répétitions, je fais une grimace épouvantable; mais il n'en est pas autre chose, car il est tard; je ne sais pas racommoder, et je fais mon paquet. Je vous mande cela une fois pour toutes, afin que vous excusiez cette radoterie. Mademoiselle de Méri vous envoie les plus jolis souliers du monde ; j'en ai remarqué surtout une paire qui me paraît si mignonne, que je la crois propre à garder le lit. Vous souvient-il combien cette folie vous fit rire un soir? Au reste, ma fille, ne vous avisez point de me remercier pour toutes mes bonnes intentions, pour tous les riens que je vous donne ; songez au principe qui me fait agir : on ne remercie point d'être aimée passionnément; votre cœur vous apprendra d'autres sortes de reconnaissance. J'ai vu le chevalier et l'abbé de Valbelle ; je suis Provençale, je l'avoue; les Bretons en sont jaloux. Adieu, ma très aimable : il me semble que vous savez combien je suis à vous; c'est pourquoi je ne vous en dirai rien ; aussi bien j'ai résolu de ne pas faire une grande lettre. Si pourtant je savais quelque chose de réjouissant, je vous le manderais assurément; car je ne m'amuserais pas à soutenir cette sotte gageure.

Madame de Maintenon à sa nièce

Je vous aime trop, ma chère nièce, pour ne pas vous dire vos vérités ; je les dis bien aux demoiselles de Saint-Cyr, et comment vous négligerais-je, vous que je regarde comme ma propre fille ? Je ne sais si c'est vous qui leur inspirez la fierté qu'elles ont, ou si ce sont elles qui vous donnent celle qu'on admire en vous. Quoi qu'il en soit, vous serez insupportable, si vous ne devenez humble. Le ton d'autorité que vous prenez ne convient point.

Vous croyez-vous un personnage important, parce que vous êtes nourrie dans une maison où le roi va tous les jours? Le lendemain de sa mort, ni son successeur, ni tout ce qui vous caresse, ne vous regardera, ni vous, ni Saint-Cyr. Si le roi meurt avant que vous soyez mariée, vous épouserez un gentilhomme de province avec peu de bien et beaucoup d'orgueil. Si, pendant ma vie, vous épousez un seigneur, il ne vous estimera, quand je ne serai plus, qu'autant que vous lui plairez; et vous ne lui plairez que par la douceur, et vous n'en avez point. Je ne suis pas prévenue contre vous; mais je vois en vous un orgueil effroyable. Vous savez l'Évangile par cœur : et qu'importe, si vous ne vous conduisez point par ses maximes?

Songez que c'est uniquement la fortune de votre tante qui a fait celle de votre père, et qui fera la vôtre, et moquez-vous des respects qu'on vous rend. Vous voudriez vous élever même au-dessus de moi : ne vous flattez point; je suis très peu de chose, et vous n'êtes rien.

Je vous parle comme à une grande fille, parce que vous en avez l'esprit. Je consentirais de bon cœur que vous en eussiez moins, pourvu que vous perdissiez cette présomption ridicule devant les hommes et criminelle devant Dieu. Que je vous retrouve, à mon retour, modeste, douce, timide, docile, je vous en aimerai davantage. Vous savez quelle peine j'ai à vous gronder, et quel plaisir j'ai à vous en faire.

Racine à son fils

Je suis fort content de votre lettre, et vous me rendez un très bon compte de votre étude et de votre conversation avec M. Despréaux. Il serait bien à souhaiter pour vous que vous puissiez être souvent en si bonne compagnie, et vous pourriez en retirer un fort grand avantage, pourvu qu'avec un homme tel que M. Despréaux, vous eussiez plus de soin d'écouter que de parler. Je suis assez satisfait de votre version; mais je ne puis guère juger si elle est bien fidèle, n'ayant apporté ici que le premier tome des *Lettres à Atticus*, au lieu du second que je pensais avoir apporté; je ne sais même si je ne l'ai point perdu, car j'étais comme assuré de l'avoir ici parmi mes livres. Pour plus grande sûreté, choisissez, dans quelqu'un des six premiers livres, la première lettre que vous voudrez traduire; mais surtout choisissez-en une qui ne soit pas sèche comme celle que vous avez prise, où il n'est presque parlé que d'affaires d'intérêt. Il y en a tant de belles sur l'état où était alors la République, et sur les choses de conséquence qui se passaient à Rome! Vous ne lirez guère d'ouvrage qui vous soit plus utile pour vous former l'esprit et le jugement. Mais surtout je vous conseille de ne jamais traiter injurieusement un homme aussi digne d'être respecté de tous les siècles, que Cicéron. Il ne vous convient point, à votre âge, ni même à personne, de lui donner ce vilain nom de poltron..... Ainsi vous auriez mieux fait de dire simplement qu'il n'était pas aussi brave et aussi intrépide que Caton. Je vous dirai même que, si vous aviez lu la vie de Cicéron dans Plutarque, vous auriez vu qu'il mourut en fort brave homme, et qu'apparemment il n'aurait pas fait tant de lamentations que vous, si M. Carmeline lui eût nettoyé les dents. Adieu, mon cher fils, faites souvenir votre mère qu'il faut entretenir un peu d'eau dans mon cabinet, pour que les souris ne ravagent pas mes livres. Quand vous m'écrirez, vous pourrez vous dispenser de toutes ces cérémonies, et de *votre très humble serviteur*. Je connais même assez votre écriture, sans que vous soyez obligé de mettre votre nom.

Le chevalier de Saint-Véran à la marquise de L*** à l'occasion du jour de l'an

Des compliments, des étrennes, des vœux, c'est, Madame, toute la monnaie du jour. Mais comment, avec tout cela, puis-je m'acquitter à votre égard ? Des compliments, vous en méritez sans doute plus que personne ; il n'y a qu'un petit malheur, c'est que votre modestie vous les fait toujours refuser. Je pourrais ajouter aussi que je n'ai pas le talent de les bien faire. Pour des étrennes, ce n'est pas sans doute à moi d'en offrir à celle que la nature a comblée de ses bienfaits. Il ne me reste donc que des vœux, et ceux que je fais pour vous, Madame, sont les plus sincères et les plus étendus : ils n'ont de terme que votre mérite et mon respect : l'un et l'autre sont infinis.

Béranger à M. Martin (de Strasbourg)

6 avril 1848.

Vous avez eu grand tort, mon cher ami, de vouloir faire de moi un président de commission ou d'association quelconque. J'ai l'horreur des réunions bavardes et suis incapable d'en présider aucune. Puisque vous m'avez nommé, donnez, je vous prie, ma démission. J'ai assez d'avoir deux commissions sur le corps, et tous les embarras et ennuis qui m'accablent. Je vais même vous mettre sur les épaules une des affaires dont je suis écrasé. Heureusement, mon cher ami, qu'elle n'est pas importante et que vous pourrez la traiter tout à votre aise et sans exposer votre larynx. Voici de quoi il s'agit :

J'ai un mien parent, notaire à Nanterre, fort honnête homme, qui ne fait d'affaires que celles du public ; il aspire à une place gratuite de suppléant de la justice de paix du canton qu'il habite depuis vingt ans, où il a su se faire aimer et estimer.

Un M. F..., notaire à Suresnes, excite, dit-on, les plaintes dans cet emploi par ses absences continuelles. Ceci reste à vérifier, car Gautier, le notaire de Nanterre, qui a une ambition démesurée, comme vous pouvez le voir, pourrait se faire illusion sur les torts de l'occupant.

Si donc vous pouvez faire nommer suppléant du juge de paix ledit Gautier, mon allié, vous me rendrez un grand service. Ce sera un ennui de moins pour moi, que cet ambitieux tourmente depuis un mois pour arriver à cette haute fonction.

Mais surtout tirez-moi de la présidence où vous m'avez mis, et présentez mes hommages respectueux à madame, ainsi que mes amitiés à vos bons voisins. J'irai, dans peu de jours, voir si la voix vous sera revenue pour le commencement de mai, époque où il ne faut pas qu'elle vous fasse défaut.

Le père de Ravignan à Madame la Maréchale de Saint-Arnaud

Madame la Maréchale,

Les regrets et les larmes de l'armée, de la France, se confondent avec les vôtres. Me permettrez-vous d'y joindre le respectueux hommage de ma douleur et de ma sympathie ? D'autres parleront du caractère ferme et généreux, du courage et du génie militaire, de l'étonnante énergie du maréchal. J'aime mieux, Madame, en ce moment, ne me rappeler que la partie la plus pure de sa gloire, et qui fut, après Dieu, votre ouvrage : il était chrétien. Dans votre immense infortune, et sous le poids de cette irréparable perte, vous pouvez et vous devez au moins vous dire, que vos prières, vos exemples avaient amené cette grande âme à la plus franche profession de la religion et à l'accomplissement de tous les devoirs qu'elle impose. Vous savez avec quelle fidélité chevaleresque il vint recevoir le pain des forts avant son départ de Paris ; il m'écrivait de Marseille, à la veille de s'embarquer, qu'il s'appuyait avec confiance sur le secours de Dieu, sans lequel on ne peut rien. La maladie le pressait de ses angoisses, elle l'accompagnait dans son admirable entreprise. Dieu voulait un double triomphe : la victoire de nos armes et la mort d'un héros chrétien, enseveli pour ainsi dire dans sa gloire. Reposez-vous, Madame, dans cette pensée : cette âme ne vous a quittée que pour un temps. Vous l'aviez donnée à Dieu ; il l'accepte et la reprend, préparée et sanctifiée par vos pieuses influences. Vous la retrouverez un jour ; il n'a fait que vous devancer dans la voie que vous lui aviez ouverte. Ses sentiments de foi et d'espérance chrétienne sont les vôtres ; ils vous soutiendront, ils vous conduiront jusqu'au terme.

Mais, je le sens bien, votre douleur vous accable ;

il semble que rien ne puisse l'adoucir; pardonnez-moi d'avoir osé vous en parler. Vous daignerez comprendre le besoin de mon cœur : je pleure la mort d'un ami ; il m'a fallu vous le dire, en vous rappelant ce que vous savez assez, que Dieu était le refuge et l'appui des âmes affligées.

Mes prières et mes regrets suivent les restes précieux du maréchal. Dès que je saurai votre retour, je m'empresserai d'aller vous porter mes profonds et douloureux hommages.

Daignez les agréer,

Madame la Maréchale,

avec l'expression du dévouement le plus respectueux et le plus inaltérable,

P. DE RAVIGNAN.

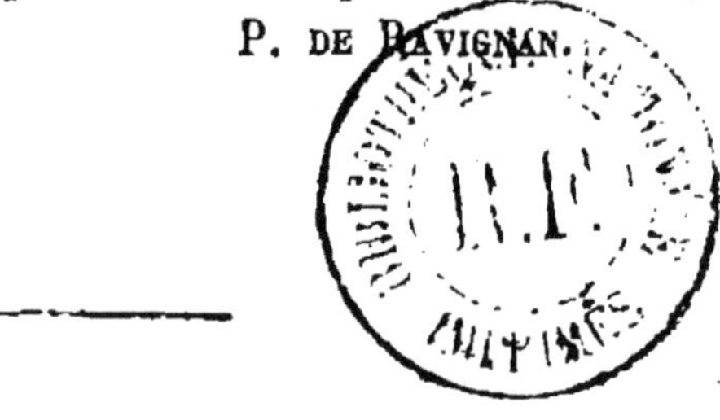

TABLE DES MATIÈRES

Pages

10338. — Imprimerie A. Lahure, rue de Fleurus. 9, à Paris.

Imp. A. Lahure, rue de Fleurus, 9, Paris.